Pour Elisa,

la grande voyageuse

1

12 avril 1917

Ecrasant le reste de sa cigarette dans le cendrier posé devant lui, le vieil officier Mc Barney, confortablement installé dans son fauteuil de première classe, regarda sa montre : le train express Londres-Plymouth n'avait plus qu'une heure de voyage. On lui donnait rendez-vous au port de Plymouth en Cornouaille. Bien qu'il ne soit pas allé dans le sud il savait quand même que la Cornouaille avait de magnifiques paysages, mais la raison pour laquelle on l'avait appelé n'était pas touristique. Il sortit une lettre qui dépassait de sa poche de veston et parcourut une dernière fois les indications qu'il avait reçues :

« Cher commandant
Nous savons que cette lettre va interrompre vos quelques jours de repos bien mérités, mais vous le savez mieux que personne, en temps de guerre nous avons besoin d'hommes, et d'hommes comme vous. Nous devons lutter contre les sous-marins allemands qui mettent à mal notre

flotte royale. Votre mission sera simplement d'espionner les navires à la sortie du port de Hambourg, à l'estuaire d'Elbe, pendant dix jours, et de nous envoyer votre rapport une fois votre tâche achevée dès votre rentrée sur terre. Le sous-marin dont vous avez l'entière responsabilité vous attend au port de Plymouth. Partez dès que l'équipage sera au complet.
En vous souhaitant un plein succès dans votre mission,
Le Ministre de l'armée de mer. »

Le commandant Barney replia sa lettre et la redéposa délicatement dans sa poche. C'est vrai qu'il avait eu une courte permission mais les temps étaient rudes en ce moment un peu partout en Europe et pour tout le monde. On ne lui avait rien dit, ni sur l'équipage ni sur le sous-marin, la découverte allait être totale.

*   *

*

Dans le compartiment de troisième classe régnait une chaleur insupportable, six personnes s'y entassaient, se poussant des coudes pour obtenir quelques centimètres de plus leur permettant d'allonger les bras. C'est là que se trouvait Julien Petit, qui portait plutôt bien son nom puisqu'il était assez petit mais aussi très costaud. Il était bien fait pour son poste, et les machines qu'il maniait régulièrement avaient, à force, beaucoup musclé ses bras. Julien s'était retrouvé dans la marine anglaise en faisant tout pour éviter l'infanterie française à laquelle il ne pouvait échapper compte tenu de sa force. Il avait pris un bateau pour fuir la France mais une fois arrivé sur le sol anglais les remords l'avaient rattrapé. Conscient qu'il n'avait pas agi en homme courageux il s'était donc enrôlé dans la marine anglaise qui n'eut pas de difficulté à l'employer en tant que machiniste. Il avait tout appris en quelques jours, car, avant la guerre, il était ouvrier à la chaîne dans l'arsenal français de Cherbourg qui fabriquait justement des pièces pour les sous-marins. Là, il avait une vision d'ensemble de ces machines mais il lui semblait les connaître déjà un peu. Le voilà maintenant qui partait pour Plymouth, aider un équipage anglais. Tout était dit dans la lettre qu'il déplia :

« Monsieur Petit,
Les forces maritimes anglaises sont heureuses de savoir que vous leur apportez votre soutien. Vous ferez partie des huit hommes d'équipage et vous aurez la responsabilité de la salle des machines du sous-marin HSM de classe G, qui sera dirigé par le commandant Mc Barney. Votre lieu de rendez-vous est au port de Plymouth en Cornouaille.
Le Ministre des armées de mer. »

Le commandant Mc Barney ? Bizarre, ce nom lui disait vaguement quelque chose mais il ne se souvenait plus quoi. Tant pis, il s'en rappellerait sûrement quand il le verrait. Ce qui l'interpellait dans la lettre c'était le fait qu'ils ne soient que huit. Huit hommes d'équipages pour un sous-marin, quelque chose lui disait qu'il n'allait pas s'ennuyer tous les jours. Sachant qu'il allait bosser jours et nuits et qu'il serait sûrement le seul à pouvoir faire fonctionner les machines, autant profiter de ses derniers moments de liberté. Julien essaya de dormir, donnant un petit coup de coude à son voisin de gauche, il appuya sa tête contre la vitre et s'endormit.

*   *

*

Le taxi qui attendait dehors klaxonna encore une fois devant une grande maison moderne. Dans cette maison se trouvait Peter Matt, à genou devant sa femme enceinte de sept mois. Dommage, cela lui coutait de s'arracher à ce bonheur, même si cette nouvelle mission ne devait durer que quelques jours, mais en temps de guerre, on ne peut rien prévoir. Le danger était constant, à chaque sortie de mer, il pensait ne plus jamais revoir sa famille qui était sur le point de s'agrandir. Mais son devoir de sous-officier dans la marine anglaise ne permettait aucune excuse. Encore un coup de klaxon. Peter se leva doucement en regardant se femme qui avait les yeux larmoyants, il prit sa petite valise qui ne comptait seulement que quelques habits et se dirigea vers la porte d'entrée. Avant de franchir le seuil, il se retourna, regarda le salon, s'assura qu'il avait bien dans sa poche la photo de sa femme et fit un grand sourire à cette dernière, puis il poussa la poignée et marcha en direction du taxi. Le chauffeur tenait la porte de son taxi ouverte pour laisser rentrer Peter. C'était un vieux chauffeur qui avait évité la guerre à cause, ou plutôt grâce à son âge. Peter pouvait apercevoir sa femme à la fenêtre de la cuisine. Les adieux, ce n'était pas fait pour lui. Pendant ces quelques heures de route, Peter regardait le paysage défiler par la vitre sans y prêter une grande attention. Le courrier qu'il avait trouvé dans sa boîte aux lettres ce matin était formel :

« Monsieur Matt
Nous vous informons que notre pays a besoin de vous. Il vous suffira de venir au port de Plymouth le plus rapidement possible afin de rejoindre le commandant Mc Barney qui vous donnera votre ordre de mission à l'intérieur du sous-marin. A bord, vous serez aidé d'un autre sous-officier du même rang que vous.
Le Ministre de l'armée de mer. »

Peter soupira, il en avait plus que marre de cette satanée guerre, il avait hâte de retrouver la paix et de partager de doux moments avec son épouse et le petit à venir. Serait-ce un garçon ? Il se voyait déjà lui apprendre à jouer au criquet… Voilà qu'il replongeait dans ses rêveries. Allons, pour l'heure, il fallait soutenir la couronne et le bon roi George V. Ce qui le rassurait un peu dans l'histoire, c'était la présence du commandant Mc Barney dont tout le monde parlait en ce moment. Un véritable héros de la mer à ce qu'on disait, mais il n'en savait pas beaucoup plus sur lui.

* *

*

William Warner, un matelot maigrichon aux joues creuses marchait lentement sur les pavés d'une vieille route en direction du port, il était un peu nerveux pour sa première sortie en mer. Cela faisait à peine quelques jours qu'il était dans l'armée de mer. Tout s'était fait très vite, il s'était présenté au port de Plymouth, un médecin l'avait examiné pour voir son état de santé, on lui avait expliqué quel serait son rôle et quelles taches il devrait faire. Enrôlé comme matelot, il devait, tous les matins, passer au port pour voir s'il y avait une affectation pour lui. Au bout de deux jours, on l'informa qu'il devait embarquer sur le HMSG5 le 12 avril. C'était déjà aujourd'hui. Le voilà maintenant qui attendait ses camarades sur le port. Il s'était engagé dans ce périple dangereux non pas parce qu'il voulait aider le roi ou d'autre chose dont il n'avait rien à faire, non, lui, il voulait simplement manger à sa faim. Avant, il gérait une petite industrie qui fut réquisitionnée quelques mois auparavant pour construire de nouvelles armes. Résultat : il fut mis à la porte. Il en avait marre de se cacher dans la rue dès qu'il entendait des pas, parce que si on le trouvait, il serait directement envoyé au front, et ça, il ne le supporterait pas. Beaucoup de personnes rentraient chez elles avec une jambe ou un bras en moins, narrant les atrocités qui s'y passaient. De nouvelles armes avaient été inventées comme le lance flammes ou encore le tank. Au moins, sous la mer, on était à peu près sûr du sort qui nous attendait si on se faisait repérer par un navire ennemi. William secoua sa tête pour enlever les idées noires qu'il avait. Il n'y avait pas de raison que ça se passe mal. Il avait donc pris son courage à deux mains et en échange d'une poignée de pièces il s'était enrôlé en tant que simple matelot. Tout s'était fait très vite, il n'avait pas réfléchi et il avait signé presque sans regarder le bout de papier que l'homme lui demandait de remplir, puis on l'avait envoyé à la capitainerie. Sur le port, un sous-marin était à quai, le HSMG5. William fut affecté à son ravitaillement, le départ était pour bientôt. Les vivres étaient posées sur le quai, devant ce monstre d'acier, et il fallait les charger à bord. Beaucoup de boîtes de conserves, des petits pois, de carottes, un peu de viande, bref de quoi tenir deux semaines grand maximum sous les profondeurs. L'eau, l'eau aussi était très importante, beaucoup de marins disaient qu'un navire sans eau c'était un navire condamné à mort. Il aida les soldats à charger les vivres à l'intérieur du sous-marin. C'était long, pénible, et les provisions étaient lourdes, il aurait bien aimé, à la place, s'ouvrir une boîte de carottes pour soulager sa faim. Après cette corvée il inspecta de plus près le HSMG5. Il s'arrêta devant le sous-marin, l'examinant le plus près possible. Tout était en acier, un monstre qui devait peser des tonnes. C'était la première fois que William en voyait un d'aussi près et la première question qu'il se posa était de savoir comment cet engin pouvait flotter en surface. A l'arrière se trouvait d'énormes hélices qui devait pousser les sous-marin à plusieurs nœuds dans la mer, l'acier semblait puissant mais William voulut s'en assurer et donna un petit coup de poing dans la coque ce qui fit résonner tout l'intérieur. William marcha sur le quai pour inspecter le devant du sous-marin quand son regard se posa sur des lettres fraichement peintes du navire. C'était très impressionnant. Il revint en arrière et s'assit sur une caisse à côté d'un vieux loup des mers, ridé par le sel de l'océan et le regard pétillant d'un homme qui avait vu des endroits uniques au monde. Il se roulait une cigarette et William n'osa pas le déranger, pourtant le nom du sous-marin l'intriguait. Il se décida et demanda timidement :

— Ça veut dire quoi HMSG5 ?

L'homme continuait de rouler sa cigarette et répondit sans même regarder à qui il s'adressait.

— Les trois premières lettres, HMS c'est pour His Majesty's Ship, tu les trouveras sur tous les sous-marins.

— Et le G ?

— Ça c'est la classe. La classe G, c'est la meilleure, rien à voir avec la classe F qu'ils ont arrêté de fabriquer au bout de trois ans.

— Et donc le 5 c'est pour le cinquième sous-marin de classe G ?

— Ouais… mais du coup celui-là on s'y est tous attachés, on l'appelle entre nous le George V, comme notre bon roi. En plus il revient de loin.

— Ah bon ?

Cette fois le marin tourna la tête pour voir à qui il parlait. Il dévisagea William pendant quelques secondes puis se repencha sur sa cigarette.

— Eh ben mon gars, tu lis pas la presse toi ? On en a beaucoup parlé dans le Western Times, vu que c'est sa base navale.

— Euh…non

— Le George V, que tu vois là devant nous, a été coulé il y a 2 ans par les allemands. Mais comme il était près des côtes, et pas trop profond, on a pu le renflouer et le ramener au port. Après plusieurs mois de travaux, le voilà prêt à reprendre la mer. Tu as de la chance, mon gars, d'embarquer sur le George V.

De la chance ? Monter dans un sous-marin qui avait déjà coulé lui faisait froid dans le dos.

*   *

*

Charles Washington remonta ses petites lunettes rondes sur ses yeux, boutonna sa veste, passa un coup de peigne dans ses cheveux et fit une boucle à ses lacets. Il allait partir de chez lui à l'instant mais pas avant d'être assuré que son chien black soit entre de bonnes mains. Il regarda d'un œil furtif par la fenêtre de sa voisine et vit que son chien dormait. Il savait qu'il allait partir plusieurs jours en mer donc il devait le confier à sa voisine qui s'y connaissait bien avec les chiens. Heureusement qu'il n'habitait pas très loin du port, cela lui avait permis de sortir le vieux vélo de son père qu'il utilisait de temps en temps pour aller au marché ou faire quelques balades dans les landes toujours accompagné de son fidèle chien. Charles Washington posa donc son sac rempli à craquer d'habits et de bouquins dans le panier de son vélo quand une feuille s'échappa de son sac et retomba doucement sur la terre. Il se baissa pour la ramasser et la déplia, lisant mentalement les instructions qui y étaient écrites :

« Monsieur Washington,
Peu de personnes occupent votre poste c'est pourquoi nous vous sollicitons une fois de plus. Vous serez chargé d'une mission délicate qui sera d'écouter les déplacements des U-boote une fois à l'intérieur du sous-marin. Le commandant Mc Barney sera l'officier le plus gradé à bord et vous devrez suivre tous ses ordres. Le lieu de rendez-vous est au port de Plymouth avec le reste de l'équipage.
Le Ministre de l'armée de mer. »

Charles Washington remit la lettre dans la poche de son sac puis s'installa sur sa selle de vélo. Une simple petite pente depuis chez lui le menait directement sur le port de Plymouth. Il avait d'abord pensé y aller à pied car laisser son vélo au port pendant plusieurs jours était risqué, mais personne ne voudrait le vieux vélo de son père, et puis son mal de dos le faisait souffrir quand il portait de grosses affaires comme ses livres. Il décida que ce n'était pas la peine de passer devant le gardien du port pour lui demander où se trouvait le sous-marin, il n'y en avait qu'un, et puis de toute façon, c'était le genre de navire qui se repérait d'assez loin. Il arrêta son vélo pour le ranger pas très loin du quai quand un individu s'approcha de lui. Charles remonta une fois de plus ses lunettes sur son nez pour mieux voir la personne au loin qui semblait inspecter l'extérieur du sous-marin. Il distingua grâce au t-shirt troué de cette personne que c'était un matelot. Sans doute son premier voyage en mer et aussi sans doute la première fois qu'il voyait un sous-marin d'aussi près. Charles aurait juré qu'il serait le premier mais en fin de compte il pourrait discuter un peu avec ce matelot. Il cadenassa son vélo et marcha sur le quai en direction du monstre sous-marin et de son nouveau coéquipier de bord.

* *

*

Le sous-officier Arthur Cree caressa machinalement sa grosse moustache qui lui descendait jusqu'en bas des lèvres et essuya les gouttes de sueurs qui lui coulaient le long du front. Une chaleur de plomb régnait dans ce bus plein à craquer, étrange pour un mois d'avril, et pas moyen d'ouvrir une fenêtre pour laisser de l'air rentrer dans ce four. Ce qu'Arthur Cree trouvait aussi d'étrange était que l'armée de mer l'avait recontacté. Ça faisait longtemps qu'elle ne s'était pas intéressée à lui, il pensait même qu'on l'avait oublié. Il avait donc sauté dans le premier bus en direction de la Cornouaille sans se poser de questions. Il relut mentalement la lettre qu'il avait déjà parcourue tant de fois :

« Monsieur Cree
En ces temps de guerre nous avons besoin de tout le monde car tout homme compte. Venez au port de Plymouth le 12 avril, le commandant Mc Barney s'occupera des directives à prendre et vous informera de la mission à bord.
Le Ministre de l'armée de mer. »

Il ne rigolait pas le ministre, il valait mieux ne pas faire un pas de travers et se tenir à carreau. Il connaissait le commandant Mc Barney, et après ce qu'il avait fait dernièrement, Arthur Cree n'avait pas de soucis à se faire, ça allait être une mission de promenade. On n'envoie pas le célèbre Mc Barney dans une mission casse-pipe. Enfin, le bus s'arrêta, le port était en vue. Il se dirigea vers un café du port pour prendre un thé. Sur des bateaux de guerre où dans des sous-marins, la vie était très différente que sur terre. Beaucoup de choses manquaient, et selon Arthur Cree, le pire était les bons thés chauds. Il s'installa donc à la terrasse du café et vit deux personnes discuter au loin près d'un sous-marin. L'odeur de la mer, le cri des mouettes, le reflet des vagues sur les coques des navires, il ne s'était pas rendu compte à quel point cela lui avait manqué. Une main posée sur son épaule le sortit de sa rêverie et le fit se retourner d'un bond. Le commandant Mc Barney et un autre petit monsieur mais assez costaud, le genre de personne qui ne faut pas chercher, se trouvaient face à lui.

— Bonjour monsieur, je vous présente Julien Petit, un français qui s'occupera des machines dans le sous-marin.
— Salut m'sieur, chuis Julien, je m'occupe des grosses ferrailles dans la cale du sous-marin.

Arthur dévisagea longuement l'homme qui lui tendait une grosse main et qui s'efforçait de sourire pour paraître le plus poli possible malgré son « salut m'sieur ». Ce fameux Julien portait des bretelles déjà sales et un short des plus basiques. Avant la guerre il était sûrement un garagiste français vue sa posture et son apparence, cela ne faisait aucun doute. Arthur ne voulait pas paraître impoli et, malgré sa réticence, tendit sa main en direction du machiniste pour échanger une poignée :
— Bonjour Julien, je suis le sous-officier Arthur Cree sous les ordres du commandant Mc Barney.
— Et j' dois vous appeler comment ?
— Simplement Monsieur le sous-officier Cree.
Julien regarda Arthur Cree un peu déstabilisé, ne sachant pas trop quoi répondre il tourna la tête dans une autre direction.
— Monsieur suffira, tu pourras m'appeler ainsi je n'y vois pas d'inconvénient.

Julien n'avait pas trop compris la blague mais juste assez pour savoir qu'on l'avait un peu taquiné. Il se remit donc à faire un sourire forcé pour ne pas paraître désagréable devant son supérieur.

— Vous avez vu le nom de notre embarcation, Monsieur Cree ? Dit le commandant Mc Barney en pointant le sous-marin de son doigt.
Non c'est vrai qu'il ne l'avait pas encore vu. Il se retourna sur sa chaise pour voir ce qui y était écrit. *George V.* Alors là, il n'en croyait pas ses yeux, le HMSG5 était devant lui, à seulement quelques mètres. Le ministre de l'armée de mer avait été très fort, c'était un honneur de pouvoir faire une mission dans ce sous-marin. C'était incroyable, il en avait presque la larme à l'œil et pourtant il en fallait pour l'émouvoir. Tout était exactement comme il pensait, la coque, les antennes repliées, il avait hâte de rentrer à l'intérieur pour découvrir enfin ce qui s'y cachait. Il semblait tellement neuf. Il y avait même une époque où il rêvait de ce jour. Il se retourna vers le commandant Mc Barney et le regarda avec émotion

— Il est magnifique vous ne trouvez pas ? Je vis un instant magique.

— Moi j' le trouve bien petiot ce sous-marin, dit Julien en approchant un peu plus sa tête en direction du navire.
La réflexion n'avait pas échappé à Arthur Cree qui foudroya du regard le machiniste. « Parce qu'il pense

qu'il n'est pas petit lui ?» pensa-t-il, on n'insulte pas le George V où alors c'est qu'on est sot.

* *

*

Sam Gordon était au volant de sa vieille petite voiture Morris. Il souriait, quelle chance il avait eue d'être informé, car, dans son métier, les nouvelles allaient très vite, il n'avait pas hésité une seconde, il avait sauté dans sa voiture, avait installé le plus prudemment possible son Gaumont 9x12 sur le siège passager et il avait filé au port de Plymouth rejoindre les marins qui quitteraient le port dans le HSMG5. Un sous-marin, rien que ce nom faisait rêver, Sam laissa voguer son imagination, il se voyait en pleine aventure sous les immenses profondeurs prenant en photo l'intérieur du navire et ses futurs compagnons. Il en avait marre de photographier les soldats aux fronts, voir les hommes agoniser sous ses yeux, entendre les derniers cris de pitié des soldats, immortaliser des assauts héroïques de pauvres gars qui n'avaient rien demandé alors que des obus éclataient à quelques mètres de lui. Tous les jours il avait risqué sa vie, il avait même été blessé au bras une fois par une balle perdue. Il avait dû passer des mois à l'infirmerie et quand il avait été remis sur pieds, il avait quitté cet enfer sans regret. Il avait même hésité à tout arrêter, déposer son cher appareil photo dans un coin et se trouver pourquoi pas une femme et fonder une famille. Mais sa passion avait vite refait surface, l'ennui l'avait gagné et il se rappela tout ce qu'il avait vécu avec son Gaumont 9x12, il ne pouvait pas tout laisser tomber. Un beau jour on avait frappé à sa porte et son rédacteur en chef avec qui il avait fait les 400 coups au front avait reçu un appel anonyme sur un sous-marin de classe G, et pas n'importe lequel : le G5, surnommé le George V, avait été renfloué et repartait prochainement pour une mission éclair d'espionnage. Comme il était le seul du Western Times à être accrédité pour monter à bord de tels monstres marins, la mission lui revenait directement. C'était un job en or par ce temps, même si tout le monde savait que des terribles U-boote, des sous-marins allemands coulaient tout ce qui se trouvait sur, ou dans l'eau, il échappait quand même aux tirs d'artilleries, aux grenades, aux explosions de mines, aux moteurs incessants de l'aviation, aux rats, à l'odeur des corps en décomposition et il y en avait d'autres, de choses affreuses qu'il avait vues. Son rédacteur en chef était devenu claustrophobe à cause de la guerre, il s'était retrouvé enfermé pendant plusieurs heures dans un tank et un gars qui passait à côté l'avait entendu crier. Depuis, son ami n'avait plus jamais remis les pieds dans un endroit totalement fermé. Sam n'avait pas vu la mer depuis longtemps. Quand il était petit, il faisait du bateau avec son père mais cela remontait à ses douze ans maintenant. Sam se reconcentra sur la route, un accident de voiture est très vite arrivé, en plus il venait d'apercevoir sur une pancarte : Cornouaille. Apparemment, il y était presque. Une voiture décapotable le doubla à toute vitesse ce qui arracha un juron de la bouche de Sam : « C'est incroyable comme les gens conduisent mal sur les routes » pensa-t-il.

* *

*

Cette voiture américaine Ford-T était vraiment un joyau de technologie. Ca faisait longtemps qu'il l'avait mais il ne s'en lassait pas, le vent dans les cheveux et la sensation de vitesse au moindre coup d'accélération était du pur bonheur, et tant pis pour les vieux qui se traînaient dans leurs boîtes à conserves comme celui qu'il venait à l'instant de dépasser. Il voulait faire au plus vite pour rejoindre le port de Plymouth, il pourrait enfin voir son idole en vrai et pas en photo dans les journaux. Ses copains allaient être fous de jalousie quand ils apprendraient qu'il allait naviguer sous les ordres du très célèbre Mc Barney. Le commandant Mc Barney, quel homme, son oncle avait vraiment été très gentil et il ne le décevrait pas. Le port de Plymouth était maintenant devant lui et il s'arrêta sur une place de parking non loin d'un café. John Houdegard était en émerveillement, sur la terrasse du café se trouvait Mc Barney entouré par deux autres personnes. Le symbole de la bravoure maritime était à quelques mètres de lui. John fouilla dans sa poche pour sortir un petit bout de papier, la lettre qui le faisait bondir de joie à chaque fois qu'il la lisait:

« Mon John
Le commandant Mc Barney va faire une mission en mer, et il lui manque un matelot alors je t'ai choisi sachant très bien ce que tu penses de ce grand homme. Va au port de Plymouth le 12 avril, un magnifique sous-marin et le fameux commandant Mc Barney y seront. Sois sage et écoute-le attentivement.
Je t'embrasse fort mon John, le Ministre de l'armée de mer. »

Il rangea sa lettre dans sa poche sans quitter Mc Barney des yeux quand un taxi s'interposa entre eux. Un grand homme blond d'une trentaine d'année en sortit. Il avait tout l'air d'un sous-officier, il n'y avait pas de doutes là-dessus. Peter Matt s'approcha vers John Houdegard :

— Excuse-moi, saurais-tu où se trouve le sous-marin et son équipage jeune homme ? demanda Peter

John regarda le sous-officier d'un œil incrédule. Il était con où quoi ? Il n'avait qu'à se retourner, il le verrait le sous-marin, ce n'était pas le genre de chose qu'on perdait de vue un sous-marin. John se ravisa de dire ce qu'il pensait et répondit calmement :

— Le sous-marin est là-bas, j'y vais aussi, je suis John, un matelot, et voici le commandant Mc Barney qui est au café.

— Merci John, allons-nous présenter à ces messieurs alors.

John Houdegard, le plus jeune matelot avait le cœur à la limite d'exploser, chacun de ses pas lui semblait lourd et il avait la sensation de voir un mirage. Non ce n'était pas un rêve, il s'était déjà pincé en lisant la lettre la première fois pour s'en assurer. Il craqua sur les dizaines de mètres restant et se jeta dans les bras du commandant Mc Barney. La situation était plutôt gênante pour Mc Barney qui se racla la gorge pour décoller l'individu accroché à ses bras. John était devenu rouge de honte et Arthur Cree fit un clin d'œil à Mc Barney :

— Eh bien, on peut dire que vous avez des admirateurs mon commandant, plaisanta-t-il.

Une vieille voiture se gara près de la Ford-T du jeune matelot. « Tiens, pensa Sam Gordon, le monsieur inconscient de tout à l'heure ». Il sortit pour prendre son Gaumont 9x12 et se dirigea vers le petit groupe qui se trouvait au café pour se présenter :

— Bonjour messieurs, je me nomme Sam Gordon et je suis accrédité pour prendre des photos du sous-marin et de son équipage pendant cette mission.

— Bonjour monsieur Gordon, je suis le commandant Mc Barney du sous-marin que nous voyons là.

— C'est un plaisir monsieur, beaucoup de mes collègues ont eu la chance de vous prendre en photo, à mon tour maintenant.

Charles Washington, chargé de la communication à bord, et William Warner, un matelot sans expérience montèrent les marches du quai pour se faire connaître à leur tour. Les présentations se firent assez vite et Julien Petit en profita pour prendre la parole :

— Maintenant qu' nous sommes tous les huit, on y va non ?

— Vous avez dit huit monsieur Petit ?

— Oui mon commandant, c'est ce qu'y a écrit sur la lettre.

Julien sortit son enveloppe pour affirmer ce qu'il disait. Le commandant lut rapidement la lettre et la redonna à son propriétaire.

« Huit personnes pour un sous-marin, étrange, il va falloir doubler d'efforts pour le faire fonctionner et nous aurons besoin de tout le monde… » pensa Mc Barney.

2

Vers dix-sept heures, les huit hommes composant l'équipage descendirent dans le sous-marin par l'échelle qui permettait aussi de monter sur le pont quand le HSMG5 était en surface. Le sous-marin paraissait gigantesque avec ses 43 mètres de longs, William était bouche bée devant tous les tuyaux que Julien commençait déjà à manipuler, les deux sous-officiers discutèrent ensemble en déposant leurs affaires dans leur compartiment, John ne lâchait toujours pas des yeux son idole et se mit à côté de Sam Gordon qui installait confortablement son appareil photo face au commandant dans le poste central. Charles Washington lui, s'éclipsa vers les écrans de contrôle et découvrit une écharpe posée dessus. Il remonta ses lunettes sur son nez et décida de s'approprier ce tissu qu'il trouvait plutôt joli. Tout le monde était à son poste pour sortir du port, Julien transpirait déjà et c'était celui qui s'activait le plus pour tourner un volant ou brancher un tuyau, un seul homme pour s'occuper de toutes les commandes d'alimentation ça faisait vraiment peu. Une fois au large des côtes, le sous-marin trouva son rythme de croisière et l'équipage relâcha la pression : cette première épreuve était une réussite. Le commandant Mc Barney interpella Peter, Arthur et Charles puis les emmena dans le poste de commandement, à l'abri des oreilles indiscrètes.

— Messieurs je dois vous mettre au courant de notre mission qui est classée secret défense, c'est pourquoi je vais vous demander la plus grande discrétion à ce sujet, que ce soit pendant ou après notre périple

— Comptez sur nous commandant, nous savons tenir notre langue, répondit Peter sur un ton assurant.

— Nous allons naviguer près des côtes allemandes, nous nous poserons au fond de l'eau à l'entrée du port de Hambourg pendant une semaine. Là, nous pourrons espionner leurs déplacements pendant quelques jours puis nous rentrerons. Dans deux semaines environ vous serez de retour chez vous messieurs.

— Merci mon commandant, ma femme va bientôt accoucher, et je serais heureux de revenir à temps.

— Ne vous faites donc plus de soucis. Monsieur Washington ?

— Oui mon commandant ?

— Je compte sur votre maîtrise des appareils d'écoute pour enregistrer tous les mouvements de flotte au-dessus de nous.

— Devrais-je informer au fur et à mesure le quartier général basé à Londres de nos écoutes ?

— Non. Absolument pas. Les ordres sont formels messieurs, nous ne devons sous aucun prétexte, communiquer avec l'extérieur. Personne ne doit connaître notre emplacement. D'ailleurs, la moindre transmission, même codée, pourrait être interceptée par les allemands et nous ferait repérer. Et c'est valable dès maintenant. Il n'est pas question de mettre en danger les vies de cet équipage.

Arthur Cree n'avait pour l'instant rien dit mais cette nouvelle de courte mission l'avait ravi tout comme Peter et Charles. Il avait donc eu raison, on n'envoie pas le commandant Mc Barney dans une mission suicidaire. Le commandant Mc Barney n'eut pas le temps de reprendre son poste que le photographe Sam Gordon se jeta sur lui pour le fixer sur sa pellicule à côté du matelot John qui ne se fit pas prier. William, lui, s'approcha timidement du commandant après que Sam fût parti pour lui poser une question :

— Monsieur Barn… euh mon commandant, pouvez-vous me faire visiter le sous-marin ? C'est la première fois que je pénètre dans un vrai et je ne comprends pas l'utilité de la moitié des outils présents.

— Commençons par le commencement alors, dit Mc Barney en soupirant.

Cela faisait à peine une heure qu'ils étaient partis et le voilà maintenant qu'il servait de guide touristique pour les matelots sans expérience.

— A l'avant, nous avons quatre tubes lances torpilles au cas où un ennemi voudrait se frotter à nous, sur les côtés, tu peux voir les torpilles qu'il ne faut surtout pas toucher, tu en fais tomber une et tout le monde y passe. Là, il y a les quartiers avant que j'attribuerai après selon votre rang, juste derrière, tu peux voir le logement des sous-officiers, puis viens ensuite ma cabine. Ici, tu peux voir le poste central, évite de toucher le moindre bouton dans cette salle parce que tu pourrais couler le sous-marin. Là, il est plausible que tu trouves dans cette salle Charles à travailler ainsi que Julien, c'est là que nous préparerons à diner et que nous prendrons nos repas. Pour finir voici des quartiers pour l'équipage et un tube de lance torpille arrière. Des questions monsieur Warner ?

William Warner secoua négativement la tête, et partit aider John à préparer le repas pour le reste de l'équipage. Les placards étaient bondés de boites de conserves et de bouteilles d'eau. John n'arrêtait pas de fouiller entre les packs d'eau et les sachets de riz, puis se retourna vers William d'un air grave :

— Pas une goutte d'alcool, rien pour fêter toutes les victoires du commandant, ceux qui s'occupent de la nourriture à bord des sous-marins sont des radins.

William ne voulut pas répondre et se contenta d'un hochement de tête. Il n'était pas là pour boire ou faire la fête. Ce John avait l'air d'un jeune arrogant et trop sûr de lui. Ils n'étaient pas nombreux, alors, créer des tensions n'était pas ce qu'il y avait de mieux à faire, mais ce John avait intérêt à la boucler sévère. Il continua d'ouvrir les boîtes d'haricots sans rien dire et laissa parler John dans le vide. Il parlait de quoi ? *Neveu du ministre… Commandant Mc Barney m'adore… Bientôt sous-officier…* William se retint d'exploser. Ca faisait à peine une heure qu'ils étaient partis et ce garçon lui tapait déjà sur le système. Préparer le repas, ce n'était pas un boulot de matelot, ça, il le savait, mais on ne leur avait même pas demandé leurs avis. Par contre, son utilité à bord, ça restait un mystère pour lui, il espérait seulement ne pas faire tous les jours la cuisine à côté de ce jeune homme narcissique.

Julien demanda la permission de s'allonger jusqu'au diner sur une des couchettes du quartier arrière. Permission accordée. La manœuvre l'avait achevé et il se reposa longuement dans son lit en fermant les yeux. Julien ne pouvait que se mettre sur le dos, les couchettes étaient trop étroites pour lui, d'ailleurs tout était trop étroit pour lui. Il avait du mal à passer les portes, il avait du mal à croiser quelqu'un dans les couloirs et il avait du mal à se glisser entres les tuyaux et les moteurs de la salle des machines. Quand il rouvrit les yeux, Charles se trouvait devant lui.

— Je crois que nous allons tous les deux dormir ici, si j'ai bien compris je prends la couchette du haut ?

Julien observa attentivement son camarade de chambre. Il avait une drôle de paire de lunettes toutes rondes qu'il ne cessait de remonter sur son nez, un tic qu'il avait sûrement dû prendre, et une grande écharpe bleue qui allait très bien avec ses habits bleus et blancs. Charles était plus grand que lui mais plus jeune aussi, ils devaient avoir dix ans d'écart environ.

— Si ça te chante je te laisse la couchette d'en bas mais mes habits pleins de cambouis ont dû la salir.

— Non ne te dérange pas il n'y a pas de problèmes, la couchette du haut a l'air parfaite.

— T'es dans les transmissions depuis combien de temps ?

— Avant, au début de la guerre, j'étais sur terre dans les tours de contrôle mais je suis monté en grade et j'ai pu rejoindre la mer. Dis-moi, tu viens d'où pour avoir un accent si prononcé ?

— J'suis français. J'suis arrivé ici parce que j'ai entendu des sales choses sur l'front, dans les tranchées. Sinon moi j'construisais des sous-marins, et pas de la camelote. Ce genre de modèle j'en ai construit pas mal.

Charles lui souriait car il pensait que l'autre se vantait un peu, ce qui ne devait pas être totalement faux et monta dans sa couchette. Son métier à lui était principalement de transmettre des informations au quartier général resté à terre et qui supervisait tous les déplacements de la flotte anglaise. Mais le commandant avait été formel :

aucun contact avec l'extérieur, alors, tant qu'ils navigueraient vers leur objectif il ne servait pas à grand-chose. Il devait juste vérifier de temps en temps si le radar indiquait un navire. Il déposa ses lunettes rondes à côté de lui et essaya sa couchette. C'était vraiment dur de passer d'un vrai matelas sur la terre ferme à une couchette de sous-marin. En plus, le bruit des machines n'aidait pas pour se reposer. Il tâta son oreiller, celui-là il semblait bien moelleux comme il les aimait. Il posa machinalement ses lunettes rondes à côté de lui pour mieux vérifier l'état de son coussin. Il s'allongea et la fatigue s'empara de lui en un rien de temps. Il s'endormit sans avoir le temps de s'en rendre compte.

Sam se précipita dans les toilettes qui se trouvaient au poste central de navigation, bouscula le commandant qui maintenait au mieux le cap, et se rua dans la petite cabine pour vomir. Le commandant replaça correctement sa casquette sur sa tête et jeta un œil furtif en direction du photographe :

— Vous allez bien monsieur Gordon ?
Sam qui avait la tête dans la cuvette n'était pas en état de répondre mais il pensa que la question du commandant n'avait pas trop d'intérêt. Il en avait marre de se faire balloter dans tous les sens, il lui fallait de l'air. Ces machines qui n'arrêtaient pas de faire du bruit dans ses oreilles l'insupportaient. Quand il ressortit des toilettes, Sam avait un visage plus blanc que celui d'un mort et

tous ses membres tremblaient comme des feuilles. Il se dirigea vers une couchette du quartier de l'équipage avant. D'énormes gouttes de sueurs coulaient le long de son front et Peter Matt se précipita vers lui pour essayer de le rassurer. Ici, il n'y avait pas de médicaments et personne n'était médecin alors si quelqu'un tombait malade, il fallait se débrouiller avec les moyens du bord. Et en cas d'angoisse, le meilleur remède était de simples phrases qui se voulaient rassurantes :

— Allons Sam, ne vous en faites pas ce n'est qu'un vilain mal de mer, vous allez bientôt reprendre des couleurs je vous le promets.
Gordon tourna sa tête vers le sous-officier puis se cramponna le ventre. Il en avait des belles le gars en costume, il aimerait bien le voir à sa place.

— William, apporte de l'eau pour Sam il en a grandement besoin ! demanda Peter en direction de la salle des machines.
William rangeait les boissons dans la cuisine du sous-marin à ce moment-là et accourut avec un verre d'eau à la main. Il ne savait pas que travailler dans un sous-marin serait aussi fatiguant. Il fallait être partout à la fois. Et l'autre là, le neveu du ministre qui n'en foutait pas une, on aimerait bien le voir se bouger un peu lui aussi. Il était même parti avant que le repas soit fini d'être préparé. Il avait simplement essuyé ses mains, s'était retourné pour lui faire un sourire et était parti comme une fleur. Il

donna le verre d'eau à Peter puis se précipita dans la cuisine pour finir le diner. Arthur Cree arriva à son tour pour avoir des nouvelles du malheureux journaliste mais il n'eut pas le temps de recevoir une réponse car le commandant l'appelait :

— Est-ce que il serait possible messieurs qu'un sous-officier vienne m'aider ? Nous entrons dans les mers allemandes et il serait bien d'être vigilant.

— J'arrive tout de suite mon commandant.

— Merci monsieur Cree, Monsieur Matt, raccompagnez monsieur Gordon à sa couchette, puis rejoignez-nous à la manœuvre, un homme malade n'est pas d'une grande aide à bord et nous avons besoin de tout le monde.

— Bien mon commandant.

Arthur s'approcha du périscope pour guetter les environs selon les ordres du commandant mais William avertit que le repas était prêt. Mc Barney lui répondit sèchement que ce n'était pas le moment de manger, qu'ils devaient plonger dans les profondeurs de la mer et qu'il avait besoin que chaque homme soit à son poste. Le matelot qui travaillait depuis longtemps dans la cuisine au service des autres soupira et informa Julien et Charles qui dormaient encore d'aller à leurs postes. L'immersion se fit dans un grand silence, William regardait Julien travailler dès qu'il en avait l'occasion, admiratif de sa maîtrise de ces monstrueuses machines. Les deux sous-officiers et le commandant contrôlaient chaque déplacement du George V, John, lui, faisait semblant de prendre soin de Sam pour se trouver une excuse. Il n'allait quand même pas se fatiguer pour ça. Sam lui balloté par les courants supplia qu'on arrête de le faire souffrir. Une fois la manœuvre achevée avec succès, Mc Barney annonça à William qu'on pouvait se mettre à table. En s'asseyant, ils remarquèrent tous la petite enveloppe déposée sur la table.

— Quelqu'un a réussi à avoir une lettre de ses proches ? Nous ne sommes pourtant partis que depuis quelques heures. Qui a déjà le mal du pays ? plaisanta Arthur.

— Y a pas de nom, elle est à Sam si ça se trouve, indiqua Julien.

— Je ne pense pas affirma William. Quand j'ai mis les assiettes sur la table elle n'y était pas et Sam avait déjà son mal de mer.

— Monsieur le commandant, qu'est-ce que vous en pensez ? interrogea John

— Nous allons ouvrir cette lettre messieurs, je vais la lire en premier pour voir de quoi il s'agit puis nous allons nous la passer chacun notre tour.

Le commandant Mc Barney saisit l'enveloppe qu'il déchira soigneusement avec son couteau rond (dans un sous-marin rien n'est pointu car tout peut très vite voler quand il y a des secousses, et ce serait bête de mourir transpercé par le couteau de son voisin). Il parcourut les lignes en fronçant les sourcils d'un air concentré puis la donna à ses deux sous-officiers. Peter et Arthur explosèrent en même temps, quel était le petit farceur qui avait fait cette vilaine farce ? John pris la lettre et son visage se déforma par la colère. Quel scandale, l'auteur de cette lettre était un abruti. Charles lut lui aussi de son côté en marmonnant les mots, et, au fur et à mesure de sa lecture, fut très surpris par ce qu'il lisait. C'est vrai que cela ressemblait à une vilaine farce. Il n'y avait que le commandant qui gardait son calme, réfléchissant, et quand il leva la tête, il vit Julien qui ne bougeait pas, il semblait gêné par ce qui se passait. Il regardait ses compagnons et essayait de comprendre ce qui les mettait dans de tels états. La lettre était en anglais, alors Julien qui avait beaucoup de mal à parler correctement aux autres ne pouvait rien comprendre à ce qu'il y avait d'écrit devant lui. William lui non plus ne bougeait pas, il regardait ses pieds et se faisait le plus petit possible ce qui intrigua Mc Barney car le matelot n'avait aucune excuse pour ne pas lire la lettre. Le commandant demanda le silence parmi les cris d'indignation de son équipage et questionna le matelot :

— Vous ne lisez pas la lettre monsieur Warner ?

— Je ne peux pas monsieur le commandant.

— Vous ne pouvez pas ? Qu'est-ce qui vous en empêche ?

— Je ne sais pas lire monsieur le commandant.

William semblait être un élève interrogé par son professeur alors qu'il n'avait pas appris sa leçon. Le commandant Mc Barney souleva sa casquette et se passa la main dans les cheveux. Ce drôle de maigrichon avait décidément beaucoup à apprendre.

— Voulez-vous qu'on vous la lise monsieur Warner ?

De nouvelles protestations accompagnèrent la question du commandant : à quoi ça servait ce n'était que mensonge et calomnie. Une fois de plus Mc Barney imposa le silence.

— Monsieur Warner a le droit comme nous tous de savoir ce qu'il y a écrit sur ce morceau de papier.

Le commandant repris la lettre et lut à haute voix cette fois-ci :

« Cher équipage

Si vous êtes dans ce sous-marin ce n'est pas par hasard. Vous ne savez pas qui vous écrit ? Allez-y, réfléchissez. Je vais vous donner un indice : les faits remontent à deux ans. Avouez maintenant, car le jugement approche. Le George V vous regarde. »

William était horrifié, il voulait parler mais aucun son ne sortit de sa bouche. Il baissa les yeux et devint rouge pivoine. Puis à son tour il éclata :

— C'est un scandale de prononcer des accusations pareilles, un scandale, cria William.

Il ne tenait plus en place, et cela avait relancé les autres qui se mirent alors à reparler bruyamment, agitant les bras, indiquant à leur voisin leur mécontentement. Le commandant Mc Barney se leva et par ce geste fit une nouvelle fois taire tout le monde :

— Je pense que cette lettre n'est pas là par hasard. Nous allons prendre la parole chacun notre tour. Il y a deux ans le HMSG5 a coulé près des côtes allemandes. Je dirigeais un cuirassé à l'époque, et le George V était à quelques mètres de moi, il était à la surface, touché par un obus ; son sort était évident alors je ne suis pas venu à son secours. Je ne savais pas qu'il avait été rénové ; articula Mc Barney, sa voix ayant un peu faiblit à la fin de son récit.

Arthur prit la parole en premier :

— De nombreux donateurs privés ont donné de l'argent au gouvernement pour que le George V soit reconstruit, car ce sous-marin est plus qu'un sous-marin ordinaire. Je vous rappelle qu'il porte le nom de notre bon roi. C'était donc un symbole fort pour toute l'armée, pour le moral des troupes, de le remettre en état pour la suite des combats. Il a le droit à une seconde vie. Le roi, l'Angleterre, la démocratie doivent gagner. Quand j'ai vu le sous-marin au port j'ai pensé que le ministre de l'armée de mer m'avait fait une fleur, apparemment je me trompais, on s'est juste moqué de moi.

— Mon oncle ne se moque de personne Arthur, et vous allez retirer tout de suite ce que vous avez dit sur lui !

Tout le monde se retourna vers John Houdgard, ce gamin prétentieux s'était levé de sa chaise et pointait le sous-officier du doigt. Arthur Cree regardait le jeune homme d'un air furieux, qu'un petit matelot de pacotille le menace ça il ne l'accepterait jamais. Il se leva à son tour et pris la parole d'un ton calme, ce qui est la plupart du temps mauvais signe

— Sinon quoi ? Tu vas me mettre aux arrêts ? Tu vas appeler ton oncle ? Dois-je te rappeler que je suis ton supérieur ?

— Et moi je le suis pour vous tous. Messieurs vous êtes tous deux insupportables, vous vous comportez comme des vauriens, tenez-vous bien c'est un ordre.

Le commandant savait faire respecter l'ordre il n'y avait aucun doute là-dessus. John compris que c'était lui qui se trouvait en tort et s'excusa d'un mouvement de tête. Comme tout le monde le regardait avec insistance il se décida à prendre la parole en boudant :

— Je n'ai jamais entendu parler du George V, et si vous voulez mon avis, je n'ai aucun rapport avec cette lettre.

— Pareil pour moi enchaîna Peter Matt, je suis désolé mais la seule chose que je connaisse du HMSG5 est un article plutôt désagréable sur lui. Il dénonçait l'équipage incompétent du sous-marin. Sale affaire le sous-marin HMSG5, aucun survivant, ça jette toujours un froid. Si mes souvenirs sont bons c'est Sam qui avait écrit l'article dans le journal du Western Times pour accompagner les photos qu'il avait prises.

— V'là que ça me revient, ouais c'était y a bien deux ans, ça fait un brin. Je construisais des sous-marins à l'époque et le George V me dit que'qu' chose. Vous êtes sûr qu'il a piqué dans l'eau ? Ce que j'fais ne coule jamais.

— Et bien monsieur Petit il y a des exceptions partout. Peut-être que certaines pièces de ce sous-marin vous auront échappé ? Monsieur Washington où allez-vous ?

Charles avait quitté la table le plus discrètement possible et se dirigeait vers son tableau de bord. Quand il se retourna, ses yeux regardaient tout autour de lui, comme s'il venait d'atterrir dans le sous-marin, puis se posèrent sur ses chaussures. Il remonta nerveusement ses lunettes sur son nez et enfonça son visage dans son écharpe.

— Il faut que j'aille vérifier le radar mon commandant.

— Mais nous n'avons pas entendu votre version.

— Je ne suis pas sûr qu'elle vous intéresse.

— Mettez quand même l'équipage au courant je vous prie. Que savez-vous du HMSG5 ?

— Je crois que j'ai participé à son naufrage.

L'équipage, très impulsifs, cria des mots comme « assassin » ou « traître » qui résonnèrent à l'intérieur de la salle des machine qui faisait aussi office de cuisine. Cette fois Mc Barney attendit que l'équipage se calme pour continuer son dialogue avec Charles, pas du tout rassuré devant le regard noir de ses camarades.

— Vous avez participé à son naufrage ? Comment avez-vous fait ?

— A l'époque mon travail était le même que celui-ci mais depuis un poste de contrôle à terre, c'est moi qui recevait les informations des navires, et un jour j'ai reçu un SOS qui venait du sous-marin HMSG5. Il se faisait très tard et j'étais profondément fatigué. J'étais à mon poste depuis douze heures déjà. Je me suis un peu absenté, juste le temps de me préparer un sandwich et de boire un café bien fort pour tenir éveillé. Quand je suis revenu à mon poste, j'ai vu le SOS du George V et j'ai donné l'alerte immédiatement. Mais on avait perdu quinze précieuses minutes, par ma faute…

Un silence de plomb flottait au-dessus de la table. Même le commandant ne pris pas la parole ensuite. Tout le monde se regardait gêné et on sentait bien que Charles Washington voulait disparaitre sous terre. Le temps s'était comme arrêté, plus personne n'avait quelque chose à ajouter, Charles Washington était impardonnable d'avoir abandonné son poste alors qu'on avait besoin de lui.

Un bruit de vomissement brisa le silence. Sam Gordon se maintenait debout à l'aide de ses mains appuyées contre les parois du sous-marin. Il redressa sa tête et les marins virent son regard perdu dans le vide.

— Ça fait une heure que j'appelle.

Peter se rua vers Sam et le rattrapa à temps avant qu'il ne s'écroule par terre. Le photographe s'était évanoui et sa fièvre avait empiré très rapidement. Le sous-officier Peter Matt tira Sam Gordon, pour le raccompagner jusqu'à son compartiment. Le repas se fit sans bruit et seulement cinq personnes prirent part au repas, Peter était resté au chevet de Sam pour lui donner de l'eau quand il sortait de ses crises et Charles s'était allongé dans sa couchette rongé par la honte. « Une journée et déjà tous ces problèmes, cet équipage est vraiment des plus étrange, et par-dessus tout, parmi eux, se cache un vilain farceur » pensa le commandant Mc Barney.

* *

*

Cela faisait deux ou trois jours qu'ils étaient en mer, la notion du temps se perd vite. Grâce aux régulières montées en surface pour prendre de l'air frais ou se servir du périscope, ce soir le George V atteindrait l'objectif de sa mission. Il se poserait alors près de l'entrée du port de

Hambourg, au fond de l'eau. De cet endroit stratégique, à proximité des côtes, l'équipage pourrait observer les va-et-vient des allemands et noter leurs déplacements. Depuis l'incident de la lettre rien d'autre de menaçant n'avait refait surface, ils auraient pu d'ailleurs oublier cet incident mais rien de ce qu'avait dit Charles Washington n'avait été oublié. Le marin chargé de la communication à l'intérieur du navire ne parlait pas beaucoup, évitant le regard des autres, souvent méprisant envers lui. Même le commandant le regardait plus froidement. Il s'occupait de son écran de contrôle, vérifiait si le sous-marin n'était pas en danger, ne prenait pas part aux discussions à table et regagnait sa couchette pour lire ses bouquins. Seul Julien lui parlait, il était bien obligé, la salle des machines était leur endroit de travail à tous les deux, et surtout ils partageaient le même compartiment de couchettes. Pour les compartiments, Mc Barney n'avait finalement pas imposé les couchettes, ils les avaient choisies très vite d'eux même. John suivait le commandant comme un toutou et attendait ses ordres sans prendre d'initiatives ce qui exaspérait l'équipage, tout particulièrement le matelot William qui aurait aimé de l'aide de sa part mais qui n'osait rien demander à John, de peur que ce dernier fasse un mauvais rapport sur lui au ministre. Peter passait ses journées à côté de Sam Gordon qui reprenait petit à petit des couleurs mais qui était toujours incapable de se lever. On l'avait mis au courant pour la lettre, il avait avoué avoir rédigé un article sur le HMSG5 il y a deux ans et s'indigna comme tout le monde quand il apprit ce qu'avait fait Charles Washington qu'il qualifia d'acte de lâcheté, disant qu'il était impardonnable. Arthur aidait souvent Mc Barney pour maintenir le cap ou se repérer sur la carte qu'ils avaient à bord. William Warner profitait de ses temps libre pour explorer le sous-marin, il s'émerveillait à chaque nouvelle découverte, regardant et touchant tout et n'importe quoi sauf ce qu'il y avait dans le poste central, bien évidemment. Les seuls moments où l'équipage était réuni, c'était autour de la table, au moment du repas, même si Peter se levait régulièrement pour aider Sam. Personne n'avait compris pourquoi Peter se donnait tant de mal pour soulager le photographe mais ça ne dérangeait personne. Il fallait bien que quelqu'un l'aide et il valait mieux un autre plutôt que soi même pour soutenir ce pauvre homme. Charles arrivait souvent en dernier pour le repas mais aujourd'hui il était le premier, il attendait les autres. Il n'avait pas cessé de regarder William pendant toute la journée. Une fois que tout le monde s'installa il remonta ses lunettes sur son nez et foudroya William du regard :

— Et toi ?

— Qu'est-ce qu'il y a ?

— Tu ne nous as pas dit quel lien tu avais avec le George V.

Les autres furent surpris et regardèrent William. C'est vrai qu'il n'avait rien dit par rapport à la lettre. Même William semblait étonné. Le commandant qui voulait que tout le monde ait la même justice s'interposa

— Monsieur Warner pouvez-vous nous dire ce que vous savez du HMSG5 ?

— Je ne vous dirais rien mon commandant car je ne connais rien de ce sous-marin. C'est ma première mission en mer.

Charles Washington sourit et prit à son tour la parole :

— C'est faux, tu as un rapport avec la mer. Avant je n'avais pas fait le rapprochement mais ça m'est revenu ce matin. L'industrie Warner, celle qui s'occupait des bouées de sauvetages, ça ne te dit rien monsieur William Warner ?

Charles semblait très content de lui et attendit la réponse du matelot patiemment.

— Il est vrai que j'ai repris l'entreprise familiale de bouées avec mes frères, répondit William. J'étais chargé de contrôler la qualité technique des bouées, mais je ne vois pas en quoi cela a un rapport avec le George V, et encore moins avec la lettre que tu as écrite.

— Je n'ai pas écrit cette lettre !

Charles avait explosé, il avait jeté d'un geste de main son assiette contre la paroi du sous-marin. Il avait les yeux rouges ravagés par la fatigue, et des rides s'étaient formées le long de son front. Il se rassit brutalement pour ramasser ses lunettes et continua de fusiller William du regard.

Le commandant reprit la parole :

— Messieurs cette comédie a assez duré. Nous ne savons pas qui est l'auteur de la lettre mais plus rien ne s'est produit depuis, alors gardez votre calme et oublions ce qu'il s'est passé. Messieurs je vous ordonne de vous serrer la main, ajouta Mc Barney, comme un juge l'aurait fait lors de la fin d'un procès.

William fut le premier à tendre sa main, il ne voulait pas qu'il y ait de tension et se força même à sourire pour se montrer le plus aimable possible. Charles quant à lui ne bougeait pas, il restait immobile, mais les regards insistants des autres le forcèrent à tendre également sa main.

— Messieurs, maintenant le sujet est clos, affirma le commandant du George V en replongeant sa fourchette dans son assiette de petits pois.

A part les quelques gémissements de Sam Gordon depuis sa couchette, le repas se finit plutôt bien, Charles eu même droit à quelques regards sympathiques de la part de ses collègues. Julien lui parla même jusque tard dans la nuit pour rattraper ces quelques jours de méfiance qui avaient régnés entre eux et décida de mieux connaître cet homme chargé de la communication.

* *

*

Une journée de plus au bord du George V. Comme d'habitude le commandant se levait en premier puis réveillait les autres en commençant par les sous-officiers puis le reste de l'équipage. Peter mettait chaque jour un peu plus de temps à se réveiller, le fait de courir partout pour accomplir ses taches et s'occuper de Sam l'avait épuisé. Arthur Cree, lui, exécutait plus de besognes que son camarade pour le soulager le plus possible. C'est que le commandant était très exigeant et voulait que tout soit vérifié toutes les cinq minutes, alors les rares quarts pour les repos étaient les bienvenus. Julien ne travaillait plus beaucoup maintenant qu'ils étaient au fond de l'eau, il s'occupait simplement de gérer le système d'air sous pression pour maintenir l'équipage en vie puis retournait dans son compartiment ou discutait avec Charles. John lui… eh bien lui, ne faisait rien. Il suivait les traces de son idole insupportant au plus haut point William qui se retenait de ne pas lui en coller une. Après tout, son oncle n'était pas dans le sous-marin, rien ne l'en empêchait, mais maintenant que la situation avec Charles s'était arrangée il ne servait à rien de rajouter de la tension supplémentaire. William décida d'ailleurs d'aller parler à ce dernier pour en savoir plus long sur lui. Il se dirigea donc vers sa couchette quand son œil fût attiré par un point sur l'écran de contrôle. Il se pencha pour voir ce que c'était, et comme il n'y comprenait rien il pressa son pas pour en informer le spécialiste. Charles avait la tête dans les bouquins et n'entendit pas le nouvel arrivant entrer, ce qui le fit sursauter lorsque le matelot parla :

— Charles je crois que tu devrais voir l'émetteur radar.

— Ah c'est toi, tu as vu quelque chose ?

— Oui il y a comme un point

Charles se leva d'un bond et se précipita sur son écran de contrôle. William avait dit vrai, un point s'était allumé. L'homme chargé de la communication à bord s'avança d'un pas rapide vers le commandant qui envoyait Arthur Cree vérifier les torpilles pour la quatrième fois de la journée. Charles s'avança, remonta ses lunettes et prit la parole :

— Mon commandant, il y a un navire de guerre, sans doute un U-boot allemand dans les parages

— Et vous savez où il est exactement ?

— Oui monsieur, juste au-dessus de nous monsieur.

Un bruit sourd qui résonna dans le sous-marin accompagna ses paroles. C'était le bruit des puissantes hélices du sous-marin allemand. Il pouvait se déplacer deux fois plus vite que le George V.

— Eh bien, monsieur Washington nous n'allons pas bouger, et vous allez faire ce dont pourquoi vous êtes ici.

Notez précisément dans votre rapport l'heure, le modèle et la direction du navire ennemi. Je vous rappelle que nous ne devons émettre aucune onde radio.

— Bien mon commandant, j'y vais tout de suite.

— Très bien, ne bougeons pas et essayons de ne pas nous faire repérer

L'équipage était très silencieux à table, guettant le moindre bruit. A chaque craquement, les hommes se retournaient pensant qu'une torpille avait fait voler en éclat l'acier du HMSG5. Mais rien ne se passait. Charles remarqua juste que le point avait disparu, mais cela ne voulait pas dire pour autant qu'il était parti : il pouvait simplement être remonté à la surface, sinon le point se serait déplacé sur son radar et serait sorti du champ de vision mais ce n'était pas ce qui s'était passé. Ils quittèrent le repas tous ensemble pour se souhaiter bonne nuit. Peter n'ayant pas été appelé par Sam, cela signifiait que son état s'améliorait.

* *
*

Le photographe se leva de sa couchette pour la première fois depuis quatre jours. Il était très tôt et le commandant n'était toujours pas levé. Il avait très soif et se dirigea vers la cuisine, passant le plus discrètement possible devant le compartiment des sous-officiers puis celui du commandant pour ne pas les réveiller. Il passa dans la salle du poste central et entra dans la partie de la salle des machines là où se trouvait la nourriture. Il tendit son bras pour attraper une bouteille d'eau quand son geste s'interrompit. Etrange, il lui avait semblé voir quelqu'un dans le poste central. Il retourna sur ses pas et une vision d'horreur apparut devant lui. Il ouvrit la bouche mais aucun son n'en sortit. Devant lui se trouvait Charles Washington, pendu par son écharpe bleue, sur l'échelle qui permettait de sortir dehors lorsque le sous-marin se trouvait à la surface. Ses pieds étaient à quelques centimètres du sol, à seulement deux barreaux du bas de l'échelle, mais c'était suffisant pour tuer un homme. Sa tête penchait en avant et ses lunettes s'étaient brisées sur le sol. Il avait les yeux vitreux et son visage était très violacé. Sam hurla de toutes ses forces.

3

Le commandant, comme tout le monde à bord, fût réveillé en sursaut par Sam. Il enfila une chemise et comme son compartiment était le plus proche du poste central il fût le premier à arriver sur les lieux et assista à la même vision d'horreur qu'avait eue le photographe. Le corps inerte de Charles se balançait dans le vide à cause d'une légère houle qui faisait bouger le navire. Mc Barney attendit le reste de l'équipage et donna des ordres :

— Monsieur Cree et monsieur Petit, détachez moi ce pauvre homme et déposez le sur sa couchette.

Tout le monde s'activa en silence. Ils étaient tous choqués et ne réalisaient pas ce qui était en train de se passer. Seul John Houdegard pleurnichait dans un coin.

— Vous pensez que c'est un suicide monsieur le commandant ? articula péniblement William.

Le commandant Mc Barney se retourna vers le matelot

— Je n'en sais rien mais quelque chose me dit que non. Je vais interroger tout le monde, chacun à tour de rôle, et nous verrons bien.

— Bien mon commandant.

Julien déposa le corps inerte sur sa couchette. Arthur monta la couverture de Charles Washington jusqu'en haut pour recouvrir sa tête et déposa à côté de lui ses lunettes cassées. Julien lui tapota l'épaule et prit la parole

— J'veux pas faire le peureux mais roupiller en dessous d'un mort, ça me tente pas.

— Il va pourtant falloir que tu t'y fasses parce le commandant a été très clair : il n'y a pas d'autres couchettes que celles qu'on occupe déjà dans le George V.

Julien Petit semblait bien embêté mais il ne pouvait rien, il était impuissant et se devait d'obéir à l'ordre de son supérieur. Il savait qu'il n'y avait pas d'autre endroit où dormir mais il avait voulu quand même tenter sa chance. La matinée se passa dans le silence, personne n'osait se regarder dans les yeux. William s'approcha près du commandant

— Comment allons-nous faire pour l'écran de contrôle, mon commandant ?

— Y a-t-il toujours le point ?

— Non mon commandant, je ne vois rien, enfin je crois, il y a tellement de choses...

— Alors nous n'allons pas bouger pour ne pas être une cible si l'U-boot se trouve encore dans les parages. Nous avons une mission, et nous la mènerons à terme.

L'après-midi, le commandant garda les yeux rivés sur le tableau de bord tandis que William attendit que Peter soit de repos pour aller lui parler. S'il avait confiance en une personne ici c'était bien lui. Il semblait très naturel et aidait les autres spontanément. Il s'avança :

— Peter, je crois savoir qui est le meurtrier.

— Tu penses savoir qui c'est ?

— Oui, c'est Julien, j'en suis sûr.

— Et comment tu peux en être sûr ?

— Je n'en sais rien, ils étaient dans la même couchette.

— Et alors ? Moi je pense que c'est John.

— John ? Je n'y avais pas pensé. Mais pourquoi ?

— Son air arrogant : peut-être qu'il est fou et qu'il se fait passer pour le neveu du ministre de la guerre alors que c'est faux. Personne ne peut vérifier si ce qu'il dit est vrai.

— Mon dieu, tu as sûrement raison.

John, qui écoutait la conversation depuis le début, était au bord de l'explosion. Comment pouvait-on dire des choses pareilles sur lui ? Il était si furieux qu'il lâcha un râle qu'entendit Peter Matt. Le sous-officier s'approcha doucement du compartiment des matelots, l'index posé sur sa bouche pour faire taire William. Il avança brutalement son dernier pas pour voir qui les espionnait. John, qui tendait l'oreille, sursauta et pour ne pas montrer sa peur devant son supérieur, il l'insulta :

— Vous n'êtes qu'un lâche qui fait des coups bas dans le dos des gens !

La claque avait résonné dans tout le sous-marin. John s'était en plus cogné la tête contre la paroi et une bosse apparut sur son front. William n'en croyait pas ses yeux. Sa main le démangeait depuis longtemps mais il ne savait pas s'il aurait osé le frapper. Peter semblait à la fois étonné et content par le geste qu'il venait de faire. Il regardait sa main toujours en l'air qui avait laissé la fabuleuse marque de cinq doigts sur la joue de ce matelot insolent. Il se retourna vers William en désignant John de la tête et lui dit :

— Tu devrais essayer, ça fait un bien fou.

John se leva de sa couchette en se retenant de pleurer pour ne pas ruiner toute sa dignité devant ces deux hommes.

Le repas du soir fût préparé une fois de plus par William, sans l'aide de John, comme d' habitude. John n'était apprécié par personne à bord, même le commandant en avait assez marre et l'avait remis à sa place. Alors, pour se venger, John critiquait le travail de tout le monde et se planquait dès qu'il devait aider l'équipage. Julien Petit arriva le dernier à table. Il travaillait un peu moins bien depuis que l'incident était arrivé. Le commandant attendit que ce dernier se mette autour de la table pour discuter :

— Messieurs nous avons vécu quelque chose de triste ce matin car un homme a perdu la vie. Malgré les quelques réflexions que nous lui avons faites par rapport à la lettre, il ne se serait jamais suicidé sachant que le moral remontait au sein de l'équipage. J'en suis venu à une seule conclusion. Il y a un assassin parmi nous.

Les hommes à bord se mirent à parler très fort à leur voisin en affichant des airs de surprise et d'angoisse. Le commandant, qui s'était maintenant habitué à ces interactions, attendit comme à son habitude que le silence revienne pour pouvoir reprendre :

— Il y en a un à qui j'aimerais particulièrement m'adresser, c'est vous monsieur Petit.

— J'ai pas tué.

Julien état sec, il avait le regard froid et défiait des yeux le commandant. Quand ils avaient accusé Charles d'avoir écrit la lettre, celui-ci paniquait et ne se sentait pas bien. Le machiniste réagissait complètement différemment. Il se tenait le dos droit, avait les mains posées sur la table et gardait la tête haute. Il répéta ses paroles :

— J'ai pas tué.

— Je ne vous accuse pas monsieur Petit mais j'aimerais avoir plus d'informations. Vous n'avez pas entendu Charles descendre de sa couchette et sortir ?

— J'ai pas tué.

Julien restait muet comme une tombe et ne bougeait pas un cil. Comme il avait une forte carrure le commandant passa à quelqu'un d'autre pour ne pas l'énerver car il voyait bien que ses questions ne servaient à rien auprès de lui.

— Matelot William ? Vous vous êtes disputé récemment avec Charles, non ?

— Et alors ? Ca fait de moi un assassin ? Nous avons même fait la paix devant vous.

William semblait indigné devant de telles accusations. Il pointa Sam du doigt et rétorqua :

— Adressez-vous plutôt à lui. Ça faisait deux jours qu'il nous prenait le chou avec son mal de mer, et comme par magie, quand il va mieux, un homme meurt. Moi je trouve ça louche.

— Enfin William pourquoi l'aurais-je tué ?

— Allez savoir, j'en sais rien moi.

— Messieurs du calme, de l'ordre. Ne recommençons pas ces enfantillages que vous avez l'air d'apprécier monsieur Warner.

La tension montait peu à peu au sein de l'équipage, tout le monde se regardait avec méfiance et peur, le commandant restait quant à lui imperturbable. Il recommença son questionnaire.

— Sam, pourquoi étiez-vous debout ?

— J'allais mieux et je voulais boire. Je n'ai pas voulu vous réveiller donc je n'ai pas fait de bruit en passant devant votre cabine, puis je suis allé me chercher une bouteille d'eau dans la salle des machines. Quand je suis passé dans le poste central je l'ai vu, pendu au bout de son écharpe sur l'échelle...

— Continuons. Monsieur Houdegard. Que faisiez-vous hier soir ?

— Je vais le dire à mon oncle.

— La n'est pas la question.

— Je dormais. A votre avis la nuit on fait quoi ? Moi je dors.

— Quand tu me réponds tu dois m'appeler mon commandant, espèce d'abruti.

Cette réflexion lui avait cloué le bec. Les autres auraient bien voulu rire mais le visage pourpre de Mc Barney indiquait clairement à tout le monde qu'il fallait se taire. C'était le genre d'homme qui n'aimait pas l'indiscipline. Son visage repris très vite des couleurs normales puis continua :

— Monsieur Cree ?

— Je n'ai pas dormi cette nuit… mon commandant ! Je n'y arrivais pas. Disons que les ronflements m'empêchent de dormir et Peter qui se trouve juste en dessous de moi fait partie des malheureux qui font du bruit en dormant.

— Ça m'évite donc, monsieur Matt, de vous poser la même question. Comme je n'ai appris aucune information suspecte qui nous aurait aidés à éclaircir cette affaire, je vais vous demander d'être sur vos gardes. Sur nous sept, il y a un meurtrier, alors soyons vigilants. Je prendrai le premier quart cette nuit, monsieur Cree vous me remplacerez, puis vous monsieur Matt, suivi de vous monsieur Sam avec l'aide de William et enfin vous John. Monsieur Petit vous ne faites rien ce soir.

C'était clair pour tout le monde. Ils allaient tous passer une mauvaise nuit, mais si le commandant disait vrai ? S'il y avait vraiment un meurtrier parmi l'équipage ? Alors il vaudrait mieux faire extrêmement attention pour la survie de tous.

* *

*

La journée du lendemain s'était déroulée dans un silence pesant, chacun se tenait sur ses gardes. Le diner fut vite avalé. Même s'ils ne pouvaient pas voir la nuit tomber sur la mer du Nord, tous savaient qu'une longue soirée s'annonçait. Mc Barney s'installa dans le poste central, la pièce maîtresse du navire. Les heures s'écoulèrent, Arthur Cree se dirigea vers le commandant pour le remplacer car c'était son tour de quart. Comme pour le commandant, il ne se passa rien, il avait perdu son temps à se retourner pour chaque craquement pensant voir le meurtrier. C'était maintenant à Peter de le remplacer mais ce dernier mettait du temps à venir.

— Mais qu'est-ce qu'il fout bon dieu, pensa-t-il.

Incapable de tenir plus longtemps, il se leva et marcha en direction du compartiment des sous-officiers. Peter était allongé dans sa couchette.

— Peter arrête de dormir là c'est ton tour, chuchota Arthur.

Aucune réponse ne lui parvint, alors il se décida à le bousculer un peu pour le faire réagir, mais Peter restait la tête dans son oreiller. Arthur Cree se dirigea vers la cabine du commandant

— Commandant ?

— Qui c'est ? Quoi, que se passe-t-il ?

— C'est Arthur Cree, commandant. Peter ne me remplace toujours pas alors qu'il devrait être là depuis plus d'une demi-heure. J'ai essayé de le réveiller mais il ne bouge pas.

Le commandant sortit en chemisette, et les yeux mis clos se dirigea vers la couchette de Peter pour voir ce qu'il faisait. Il vit lui aussi le corps de Peter allongé, la tête enfoncée dans l'oreiller. Il le secoua comme avait fait Arthur puis le retourna. Peter Matt avait tout l'air d'un homme en plein sommeil mais, comme rien ne le faisait réagir, Mc Barney vérifia sa tension en prenant son poignet entre le pouce et l'index. Il attendit trente secondes puis remonta sa main jusqu'au cou de son sous-officier pour voir si des signes de vie étaient encore présent chez Peter. Le soupir du commandant voulait tout dire. A ce moment William et Sam se levèrent, réveillés par la discussion qu'avaient entamée les deux hommes. Ils entrèrent dans la chambre des sous-officiers pour voir ce qu'il se passait, et ils comprirent vite la situation lorsque Mc Barney remonta la couverture au-dessus de la tête de Peter Matt pour lui cacher le visage. Le commandant se retourna vers ses hommes :

— Messieurs, une fois de plus l'heure est grave.

4

Au petit matin du troisième jour, le commandant Spencer se présenta à la capitainerie de la base navale de Plymouth.

— Bonjour capitaine, je dois convoyer le sous-marin HMSG5 de port en port sur la côte ouest pour livrer des pièces de rechange aux différentes bases. Un convoi par la route risquerait de se faire bombarder et certaines bases ont un grand besoin de ces pièces de rechange qui prennent beaucoup de place à bord. Ne vous étonnez donc pas si vous voyez ces hommes là-bas qui ne sont qu'une dizaine et qui pourtant sont mon équipage. Voici mon ordre de mission. Par contre, je ne vois pas le sous-marin, l'auriez-vous déplacé sur un autre quai ?

Le capitaine relisait une deuxième fois l'ordre de mission sans y voir plus clair. Il espérait être la cause d'un canular mais ce Spencer avait bel et bien l'air d'un vrai commandant. Le capitaine blanchissait à vue d'œil et ses mains faisaient légèrement trembler la feuille qu'il tenait pourtant fermement. Si le véritable commandant du George V était le monsieur qui se trouvait devant lui alors qui était parti à bord du sous-marin ? Le capitaine ravala bruyamment sa salive, s'épongea le front avec un mouchoir qu'il sortit de sa poche et leva vers Spencer des yeux apeurés.

— Le commandant Mc Barney est parti avec le George V il y a déjà trois jours... Si c'est vous qui devriez être à sa place, alors lui, que fait-il ?

* *

*

Le matin avait été difficile pour tout le monde. Personne n'avait réussi à dormir après l'annonce de la mort de Peter. Julien s'était levé très tôt et évitait au maximum son compartiment. Les marins sont très superstitieux alors imaginez, dormir avec un mort, c'était une pure folie, mais comme il n'avait guère de choix il devait se plier aux ordres de son supérieur. D'ailleurs c'est par ce dernier qu'il apprit la mort de Peter pendant la nuit, ce qui fit apparaître sur son front des signes de frayeur. C'est John qui avait occupé le dernier quart puisque de toute évidence, il était le premier debout. Il avait donc été obligé de préparer le petit déjeuner, et cela soulagea grandement William. John parcouru la salle de ses yeux arrogants et commenta l'absence de Peter, qu'il détestait depuis l'incident de la gifle :

— Alors, y a une marmotte qui ne se réveille pas ?

— Cette marmotte, monsieur Houdegard était votre supérieur alors ayez du respect.

— Il a démissionné pour ne plus l'être ?

— Il est mort.

John faisait le surpris devant ses collègues mais cette nouvelle, qui aurait dû le choquer comme la mort de Charles, ne lui fit ni chaud ni froid. Tout le monde observa sa réaction grotesque qui n'échappa à personne. William ne put retenir sa colère et se jeta à la gorge de John :

— Assassin, meurtrier, bandit, criminel, tu as tué Peter, tu as tué un sous-officier. Tu as attendu que Arthur parte de son compartiment pour liquider ton supérieur dans son sommeil. Sale fourbe !

Le matelot s'était jeté à la gorge de John et le commandant dut les séparer.

Il repoussa violemment William qui, comparé à Mc Barney, était plutôt maigre, puis le prit par le col pendant que John cherchait sa respiration. Le commandant, dépassé par tout ce qui se passait et habituellement calme, explosa, lui aussi de colère :

— Il y a un meurtrier parmi nous et vous vous comportez comme des sauvageons ! J'ai une folle envie de vous jeter dans l'eau les mains attachées, alors tenez-vous à carreaux ! Particulièrement vous, monsieur

Warner, vos excès et vos accusations m'insupportent au plus haut point.

— Mais mon commandant, c'est lui ! Vous avez vu comme il s'en foutait quand vous lui avez annoncé la mort de Peter ?

— J'ai vu, monsieur Warner, mais est-ce une raison pour l'étrangler ? J'ai eu vent d'ailleurs d'une salle histoire où il était question de violence, de la part de Peter et de vous-même, sur monsieur Houdegard. Allez-y monsieur Warner, expliquez-moi.

— C'est toi qui es allé te plaindre, pleurnichard ? siffla William entre ses dents.

John s'était relevé avec l'aide du machiniste et du sous-officier Arthur. Il se tenait maintenant près du commandant, juste derrière son épaule et ses yeux remplis de haine scrutaient William. Mc Barney n'en pouvait plus de ces tensions de plus en plus croissantes et reprit sa sanction habituelle de faire serrer la main en signe d'amitié. Les deux matelots n'avaient guère le choix mais William glissa une phrase dans l'oreille de John :

— Attention, ceux qui me serrent la main meurent dans les heures à venir.

John recula d'un coup et regarda son commandant pour voir s'il avait entendu. Ce dernier était plongé dans ses pensées, il réfléchit longuement et pris la parole d'une voix autoritaire pour que tout le monde comprenne bien.

— Messieurs, voilà ce que je pense. Personne ici ne peut prouver ce qu'il faisait, donc tout le monde peut-être le coupable, sauf vous monsieur Petit. En effet, quelqu'un vous aurait vu aller dans le compartiment des sous-officiers car pour y accéder il faut passer par le poste central et soit monsieur Cree, soit moi nous vous aurions vu. N'est-ce pas monsieur Cree ?

— C'est vrai que je ne sais pas comment Julien aurait pu tuer Peter.

Le français était ravi qu'on ne le soupçonne plus et un large sourire apparut sur son visage. Il remercia le commandant et sortit de table en sifflotant pour aller travailler. Ils n'étaient plus que cinq à table, se regardant tous comme des criminels.

5

John avait peur. Il faisait tout pour le cacher mais il sentait qu'il allait devenir fou si ce n'était pas déjà fait. Tout le monde quittait la salle des machines pour regagner sa couchette et il était parti pour aller aux toilettes. Les cabinets étaient juste en face du poste central, en plein milieu du sous-marin. Il entendait de légers ronflements dans les couloirs ce qui était bon signe, mais vérifia quand même dehors en passant la tête à l'extérieur des toilettes pour s'assurer qu'il n'y avait personne, et ce fut le cas, le couloir était vide. Déjà des ronflements se faisaient entendre. Il ferma donc la porte (qui ne pouvait pas se fermer à clef) et fit face à la cuvette. Il se rassurait que tout allait bien mais quelque chose clochait, il se sentait comme épié, il avait la sensation d'être regardé. Il se retourna et il le vit. Il voulut crier mais la main du meurtrier s'abattit violement sur sa bouche. John eu juste le temps de se soupirer à lui-même, « alors c'était lui » puis il y eu un craquement et son corps s'effondra.

* *

*

Sam, qui était dans le même compartiment que les
matelots, leva la tête de sa couchette. Il avait été réveillé
par l'envie pressante d'aller aux toilettes. Il se leva donc
en toute hâte sans remarquer l'absence de John et se
dirigea vers les cabinets. Il voulut entrer mais il entendit
du bruit, il s'y dirigea lentement, sans oublier qu'un
meurtrier rodait dans les parages et aperçut le
commandant dans la salle des machines qui se faisait à
manger. Le commandant se retourna et vit à son tour le
photographe. Mc Barney le salua d'une main mais ne le
quittait pas des yeux, il n'était pas assez fou pour lui
tourner le dos alors qu'il pouvait être l'assassin. Sam, lui,
se retourna pour aller aux toilettes car son envie d'aller
uriner était toujours présente. Il entra de dos dans les
cabinets pour voir si le commandant le suivait, ferma la
porte, enleva son pantalon puis se retourna quand il buta
sur quelque chose. C'était un pied, il avait heurté un pied.
Qu'est-ce qu'un pied faisait là ? Il leva la tête pour voir à
qui appartenait ce pied et il vit le corps désarticulé
comme un pantin de John. Ça faisait deux fois que Sam
trouvait un corps et cette fois il n'y eut pas de cris, pas de
sursaut, pas de peur, seulement une légère plainte
s'échappa de sa bouche. Il agrippa les pieds de John pour

le tirer hors des toilettes et Mc Barney fût assez surpris de voir le photographe sortir John par les pieds.

— Enfin, monsieur Gordon, que faites-vous avec ce malheureux ?

— Il est mort mon commandant.

— Mort ? Et… vous l'avez-tué ?

— Moi ? Non mon commandant, il était déjà sans vie quand je l'ai trouvé.

— Allez l'allonger dans sa couchette et prévenez les autres. J'ai eu une idée que je voulais vous soumettre demain mais l'heure est trop grave.

Sam passa devant le compartiment des sous-officiers et Arthur, qui faisait son lit, vit passer le corps de John trainé par les pieds. Il suivit du regard la scène et le photographe lui indiqua d'un mouvement de tête la salle des machines pour qu'il y aille. William Warner, lui, regardait les illustrations de Croc Blanc, un livre de Jack London qu'il avait pris au hasard dans l'énorme sac de bouquins. Il s'était servi car il s'était dit que l'homme chargé de la communication n'en n'aurait plus besoin. Il leva les yeux de son bouquin pour voir qui entrait dans le compartiment des matelots. Son sang se glaça dans ses veines, il bondit de sa couchette et colla son dos contre le mur. Il regardait avec effroi Sam et il se mit à hurler :

— Sam a tué John, c'est lui l'assassin, il est devant moi, je le vois, venez vite !

Il était à bout de souffle, il avait crié si fort, que le photographe qui était à quelques mètres, dû lâcher John Houdegrad pour se boucher les oreilles. Julien courut le plus vite possible, n'écoutant pas ce que Arthur allait lui dire, et Sam eut juste le temps de le prévenir avant de se faire assommer. Tout le monde était sur les nerfs et les coups de poings volaient maintenant facilement. William, qui n'avait toujours pas plus confiance, restait bien dos au mur avec son livre bien serré dans ses mains pour s'en servir de massue en cas de besoin. Sam, qui venait de l'échapper belle, se laissa glisser par terre pour souffler un bon coup. Julien, quant à lui, regardait d'un air désolé le jeune corps de John. Il était un prétentieux mais ça se serait arrangé avec l'âge. « Le pauvre pensa-t-il, il n'a même pas eu le temps de vivre… ». Il souleva tout le poids du matelot comme si ce n'était qu'une simple brindille et le déposa délicatement dans sa couchette. William se détendait peu à peu en réalisant ce qui se passait, et la situation que l'équipage vivait une fois de plus. Les meurtres s'enchainaient, il fallait vite réagir, faire quelque chose, n'importe quoi car s'ils continuaient à ne rien faire ils allaient tous y passer sans avoir bougé le petit doigt. Trois morts déjà, comment faisait le meurtrier pour ne pas se faire repérer et pourquoi il faisait ça ? C'était à n'y rien comprendre ! William pensa que le George V était hanté.

Le commandant attendit les retardataires autour de la fameuse table des réunions. Il se faisait tard et c'était la première fois que l'équipage le voyait en pyjama. Julien, avant de s'asseoir, vérifia comme d'habitude avant de se coucher le degré d'oxygène dans le sous-marin, et alla s'asseoir entre Sam et Arthur. Mc Barney regarda son équipage longuement, comme pour voir quels étaient leurs sentiments face à la nouvelle tragédie, puis il prit la parole :

— Finis les beaux discours, et les phrases rassurantes ! Nous ne sommes plus que cinq et ça veut donc dire quatre contre ce sérial killer.

Il fit une courte pause pour donner de l'importance à son récit.

— A partir de maintenant, nous allons rester groupés, nous ne nous séparerons plus, et si une personne veut vaquer à ses occupations, elle ira seule pendant que les autres attendront ensemble. Nous allons fouiller tous les bagages et les affaires de chacun pour voir s'il y a des indices possibles. Si des objets peuvent tuer ou blesser des gens, nous les mettrons à part.

— Mon commandant, je vous en supplie, partons, ce sous-marin est maudit, n'oubliez pas qu'il a déjà coulé, peut être qu'un fantôme erre et veut notre mort. Remontons à la surface et retournons en Angleterre.

— Ne cédez pas à la folie monsieur Warner, si nous bougeons nous pouvons nous faire aligner par ce U-boot qui peut très bien être encore dans nos parages.

— Mais on va tous crever !

William retenait ses sanglots, il fixa le célèbre commandant Mc Barney puis partit dans son compartiment sa tête dans les mains. Il repensa à ce qu'il avait dit dans l'oreille de John au repas : « Attention, ceux qui me serrent la main meurent dans les heures à venir ». Peut-être que c'était lui qui était maudit. Pire, peut-être que c'était lui le meurtrier. Oui c'était ça, il s'en souvenait maintenant, la mort de Charles, la mort de Peter et maintenant la mort de John. Ils étaient tous morts de sa main il n'y avait aucun doute, comment avait-il pu en douter. Il hésita à l'avouer aux autres, comment allaient-ils le prendre quand ils sauraient que c'était lui ? S'il s'excusait et qu'il promettait de ne plus recommencer ça passerait sûrement. Ça avait toujours marché avec sa maman. William secoua la tête et but une gorgée de whisky qu'il avait amené discrètement. Il devenait fou. Il disait n'importe quoi, il n'avait tué personne, il fallait qu'il se ressaisisse et qu'il lutte contre le vrai meurtrier car au fond c'est ce que voulait l'assassin, qu'on devienne fou, fou comme lui. Arthur arriva en courant car il devait faire en sorte que les ordres du commandant soient appliqués et sa dernière consigne était de rester ensemble. Il agrippa William par le bras et le ramena dans la salle des machines. Mc Barney remercia son sous-officier qui se lissa sa moustache en signe de satisfaction. Le commandant reprit la parole :

— Nous allons commencer par votre compartiment monsieur Petit.

Ils se dirigèrent tous ensemble vers la couchette de Julien. Le corps de Charles Washington reposait encore sous sa couverture et était écrasé par des tonnes de bouquins, de clefs à molette et d'affaires. Le machiniste baissa les yeux pour ne pas montrer qu'il était gêné.

— Y a plus d'place ici, alors j'ai mis un peu de matos sur lui… balbutia-t-il.

Le commandant fut le premier à se saisir du sac de Julien et le retourna pour en faire sortir toute les affaires. Des clefs à molette tombèrent par dizaines en faisant résonner le George V. Arthur se mit à genoux pour fouiller les affaires au sol. Il n'y avait pas grand-chose côté vestimentaire, une simple salopette de rechange déjà pleine de crasse et des outils nécessaires pour faire fonctionner les énormes tuyaux d'un sous-marin. William avait posé sa main sur son menton et réfléchissait. Il prit la parole en pointant les clefs de Julien :

— Mon commandant, est-ce qu'on pourrait tuer des gens avec ça ?

— T'es un drôle, toi, répondit le machiniste à la place de Mc Barney, si tu m'enlève ça, qui s'occupera des ferrailles ?

Un silence pesant suivit la phrase de Julien. L'équipage était face à un dilemme. Ils avaient le choix entre lui laisser ses outils qui pouvaient s'avérer dangereux ou bien les lui prendre, mais Julien n'allait quand même pas courir partout pour chercher ses outils dès qu'il en aurait besoin. Le commandant demanda alors :

— Vous vous servez de tous, monsieur Petit ?

Julien était hébété. On ne lui avait jamais faite celle-là. Demander à un machiniste s'il avait besoin de ses outils c'était complètement stupide. C'était comme demander à un boulanger s'il avait besoin de sa farine. Bien sûr qu'un boulanger se sert de sa farine et bien sûr qu'il se servait de ses clefs.

— J'vais pas porter ce poids d'âne mort pour me faire plaisir, mon commandant.

— C'est embêtant… Tant pis, nous vous les laissons mais gardez toujours un œil dessus car si un meurtre se produit à l'aide d'un coup de clef à molette, alors vous serez le premier suspect ; est-ce bien clair monsieur Petit ?

— Oui mon commandant, j'vais pas les laisser sans ma surveillance, juré.

— Bon… Nous avons fini ici. Passons au prochain compartiment qui est le mien.

Les cinq personnes à bord du sous-marin encore en vie allèrent d'un pas lent vers la couchette de Mc Barney. Ils traversèrent la salle des machines et le poste central sans un bruit. Le commandant saisit son sac de la même façon que celui de Julien et le retourna pour y verser le contenu. Les affaires bien pliées se froissèrent au sol et une expression de mécontentement apparût sur son visage. Lui qui vivait pour l'ordre et la discipline, le voilà qui mettait lui-même le bazar dans son compartiment devant son équipage. Sam, William et Julien se mirent à genoux pour fouiller entre les photos de la femme de leur supérieur et de ses décorations qu'il avait reçues grâce à son courage. Le sous-officier Arthur Cree resta debout, le dos bien droit et les mains derrière le dos. Il était hors de question qu'il fouille dans les affaires de son chef. C'était même inimaginable. Le commandant s'en aperçut et fit un petit sourire à son sous-officier en signe de gratitude. Il n'y avait rien d'exceptionnel dans le compartiment de Mc Barney, aucun objet capable de tuer quelqu'un. Le compartiment des sous-officiers, entre celui du commandant et celui des matelots, était le compartiment le plus petit, les cinq hommes ne purent d'ailleurs pas tous y rentrer et Arthur alla directement chez les matelots pour ne pas prendre de place inutile. Peter, contrairement à Charles, n'était pas envahi par des tonnes d'affaires car Arthur, malgré la mort de son collègue, continuait à lui témoigner son respect. Il trouvait d'ailleurs le comportement de Julien intolérable. Mc Barney saisit le gros sac d'Arthur et déversa les quelques habits du sous-officier. Comme il ne possédait pas beaucoup d'affaires, sa fouille alla vite, cherchant dans les poches ou sous les coussins un indice révélateur qui pourrait indiquer quoi que ce soit qui aiderait le commandant dans son enquête. Mais rien, toujours rien, et plus Mc Barney avançait dans les compartiments plus il baissait les bras. Ils basculèrent enfin dans les dernières couchettes, celles de Sam et de William. Le corps de John, le dernier à s'être fait tuer et donc à prouver son innocence était comme Peter et Charles, recouvert par ses draps. Ils commencèrent par les affaires du photographe car faire les deux en même temps n'aurait servi à rien à part mettre le souk. Sam se jeta sur son sac en voyant le commandant approcher, pour déposer délicatement son Gaumont 9x12 qui n'avait finalement pas beaucoup servi sur sa couchette puis retourna lui-même son sac. Des habits, des crayons, des notes et des feuilles appartenant à des journaux tombèrent sur le sol. Ce n'était pas avec des enveloppes que le photographe allait tuer quelqu'un, il eut donc le plaisir de tout ranger pendant que le commandant s'occupait de William. Le matelot savait que son sac allait être retourné et il interrompit le geste de Mc Barney :

— Ne faites pas ça.

Le commandant, qui n'avait pas l'habitude de recevoir des ordres, surtout de la part d'un matelot, haussa un sourcil quand il s'aperçut que c'était à lui que William s'était adressé.

— Et pourquoi donc monsieur Warner ?

— Parce qu'il y a, à l'intérieur, une bouteille de whisky.

Pendant qu'il parlait, il regardait ses pieds. Il savait que c'était interdit mais quand il avait été mis à la porte de sa propre entreprise il s'était mis à boire. Il savait un peu plus se contrôler mais il ne savait pas comment il allait réagir dans un sous-marin, donc pour se rassurer il avait emmené une bouteille dans ses affaires. Le commandant décida de ne pas y prêter attention. En cas normal il aurait puni cet insolent qui osait enfreindre les règles mais pour l'instant il y avait plus urgent à s'occuper. Il posa donc la bouteille sur la couchette du matelot et renversa le reste. Un couteau suisse ricocha par terre lorsque le sac fut retourné. Mc Barney se baissa, le ramassa et s'adressa à son matelot.

— Que fais un couteau ici, monsieur Warner ?

— C'est mon grand-père qui me l'a donné. J'y tiens énormément, c'est le seul cadeau que j'ai de lui, faites attention avec je vous prie mon commandant.

— Pour des raisons de sécurité je vais le prendre et le ranger dans mon compartiment.

— Je comprends.

A part ce petit incident, ils étaient décidément loin de savoir qui était le meurtrier. Mc Barney congédia son équipage car il se faisait maintenant très tard dans la nuit. Il sortit le même discours qu'avait eu droit Julien pour la bouteille de William. Si quelqu'un se faisait tuer à l'aide d'une bouteille, il serait le premier accusé. Tout le monde regagna son compartiment et s'endormit sans problèmes. La journée avait été chargée d'émotions et dans quelques heures ils allaient devoir reprendre leur routine en faisant encore plus attention à qui pourrait les assassiner dans leur dos.

*   *

*

Le lendemain matin, tout le monde se réveilla un peu plus tard, vers huit heures. L'équipage jetait toujours un bref coup d'œil aux radars pour surveiller les déplacements allemands, mais les quarts avait étés supprimés par le commandant. De toute façon, chacun comptait maintenant sur lui-même pour assurer sa propre survie. La nuit était courte et certains auraient préféré dormir un peu plus longtemps, mais ils étaient bien peu nombreux et, certains, comme Sam, durent remplacer leurs défunts collègues à des taches dont ils ne connaissaient rien. William appris les bases du fonctionnement des machines grâce aux indications de Julien, Arthur gérait désormais entièrement toutes les responsabilités d'un sous-officier et Sam Gordon s'occupait de l'écran de contrôle même s'il n'y comprenait pas grand-chose. Il allait voir le commandant si quelque chose s'allumait. La vie, une fois de plus, reprenait son cours normal à bord du sous-marin George V. Mc Barney prenait très au sérieux son rôle de détective. Il s'était nommé lui-même meneur de cette affaire et ne laissait personne prendre sa place, il acceptait cependant toute aide concernant des découvertes d'indices. Il avait cependant la sensation qu'il lui manquait quelque chose mais il n'arrivait pas à savoir quoi… Les alibis, bien sûr, qu'il était bête, il lui fallait savoir où se trouvaient les personnes dans le sous-marin pendant l'assassinat de John, pas la peine de remonter jusqu'au premier meurtre, mais il y avait un problème. Il ne savait pas à quelle heure s'était déroulé le crime, or la première question qu'on pose à une personne qu'on soupçonne est logiquement : « Que faisiez-vous à telle heure ? ». Le commandant réfléchit durant toute la journée, ce dilemme n'avait cessé de le tourmenter, il ne répondait plus aux questions, n'avait pas adressé la parole à son équipage pendant le repas du midi et avait passé le reste de l'après-midi dans sa couchette à penser à ce qu'il devait faire, pendant que Arthur Cree courait dans tous les sens pour occuper le poste de son commandant, celui de Peter Matt et le sien. Il n'en pouvait plus et était à bout de souffle. Quand Mc Barney sortit de son compartiment pour participer au repas du soir il avait le visage dur. Tout le monde comprit dès le premier coup d'œil que personne, une fois de plus, n'allait s'ennuyer au repas du soir. C'était devenu presque une tradition de s'expliquer à ce moment de la journée. Le commandant se racla la gorge comme il faisait avant de prendre la parole puis s'adressa aux personnes présentes comme si c'était une assemblée :

— Messieurs, allons directement au fait. John est mort mais nous ne savons pas à quelle heure précisément à moins que quelqu'un ici n'ait été médecin et qu'il nous confirme l'heure de son décès. Il s'arrêta, espérant sans grande conviction que quelqu'un se manifeste mais comme personne ne réagissait il continua.

— Bien, c'est ce que je pensais, je vais donc vous demander chacun votre tour et séparément ce que vous faisiez hier soir vers minuit moins vingt. Je vais commencer par vous, monsieur Petit.

— Encore ? 'fin… J' veux dire mon commandant que vous commencez toujours par moi, dirait qu' vous me soupçonnez tout le temps.

— Je soupçonne tout le monde, monsieur Petit.
Cette phrase était d'une grande froideur et éveilla encore un peu plus des soupçons envers son voisin. Les autres, d'un regard bref d'Arthur, partirent dans leurs compartiments en attendant de se faire interroger.

— Alors mon brave monsieur Petit, que faisiez-vous hier soir vers minuit moins vingt ? commença Mc Barney en cherchant des failles dans le comportement et les expressions que son interlocuteur dégageait. Julien plissait les yeux, comme si cela l'aidait à se souvenir de ce qu'il avait fait.

— Ben j'ai vérifié l'air, comme chaque fois. Pis je suis allé au plumard.

— Vous n'avez vu personne dans le couloir en direction des WC ?

— Les toilettes sont dans mon dos quand je rentre dans mon compartiment. J'peux rien voir.

— Je sais mais je voulais m'en assurer. Vous dormiez donc… Bon et bien je le note. Appelez monsieur Cree, je vous prie.

Julien quitta lourdement son siège puis gueula dans tout le sous-marin que le sous-officier était demandé par son commandant. Arthur Cree se dirigea vers son supérieur et attendit qu'il lui donne la permission de s'assoir.

— Que faisiez-vous monsieur Cree à minuit moins vingt ?

— Je… Je n'ai pas regardé l'heure mais je me souviens que j'ai cherché mon peigne pendant plusieurs minutes.

— L'avez-vous retrouvé ?

— Oui, il était sous mon oreiller.

Arthur brandissait joyeusement son peigne devant la figure de son commandant pour lui montrer qu'il l'avait en effet retrouvé. Mc Barney gribouilla quelques phrases sur sa feuille de papier, des notes qu'il prenait au fur et à mesure qu'il interrogeait ses suspects. Le commandant indiqua à son sous-officier qu'il pouvait partir en rapatriant ici le matelot novice William Warner. Le jeune homme aux joues creuses se plaça devant son supérieur, tira la chaise vers lui et s'assit en se tordant les doigts pour cacher sa nervosité.

— Que faisiez-vous hier vers minuit moins vingt ? Soupira Mc Barney qui trouvait cette phrase bien trop répétitive.

— Je regardais un livre mon commandant, ah oui, demandez à tout le monde ce que je faisais, ils vous diront tous que je regardais un livre, ah oui, ça j'en suis sûr.

— Bien bien, ne vous emportez pas voyons, c'était une simple question. Dites-moi, ce livre était à vous ? Je croyais que vous ne saviez pas lire.

— Sam m'apprend à le faire

Il avait rougi jusqu'aux oreilles en prononçant ces mots. Il regardait ses mains qui bougeaient dans tous les sens puis leva les yeux vers son supérieur. Il imposait le respect avec son dos parfaitement droit et son regard qui pouvait fouiller votre âme rien qu'en vous regardant. Il ne savait pas s'il devait rester où partir, le prestigieux personnage qui était devant lui l'intimidait.

— Sam ! hurla le commandant en direction du photographe qui se trouvait dans le compartiment des matelots.

C'était la première fois qu'il appelait quelqu'un par son prénom et Sam Gordon ne savait pas s'il devait être flatté ou sur ses gardes. Par prudence, il choisit la deuxième hypothèse.

— Vous me demandez mon commandant ?

— Oui, que faisiez-vous hier vers minuit moins vingt ?

— Mon commandant vous le savez, c'est moi qui ai découvert le corps à cette heure-là.

— William, ici présent, commence à lire grâce à vous n'est-ce pas ? Pourquoi ?

— Je ne sais pas... Il faut bien occuper le temps et quand il saura lire il achètera mes journaux.

Mc Barney n'avait pas pensé à cette option. C'est vrai qu'on s'ennuyait à mourir ici, enfin quand on était photographe, parce qu'en tant que capitaine du navire on ne chômait pas trop. Le commandant ne savait pas quoi ajouter. Il regarda sa feuille où deux trois lignes avait été écrites à la hâte. Il n'y avait dessus rien d'important. Il râla, chiffonna la feuille et l'envoya valser dans la salle. Cette salle d'ailleurs, quand on s'y attardait n'avait plus trop sa splendeur du début. De la vaisselle sale attendait d'être nettoyée, des affaires traînaient, des clefs à molette étaient éparpillées un peu partout et des cartes géographiques servaient de nappes pendant les repas. Il décida qu'il avait laissé trop de liberté à son équipage et que c'était un scandale de laisser passer ça. Il ordonna sur le champ un nettoyage complet du HMSG5, sans entendre un seul bruit. L'équipage s'exécuta donc en silence sous le regard pesant du commandant. Ils en avaient un peu marre de cette « légende » qui donnait des ordres sans aider, sans y participer ; mais que pouvaient-ils faire ? Ils avaient tous entendu parler des mutineries qui arrivaient quand les bateaux étaient dirigés par des dictateurs où des incompétents, mais ça se passait sur la mer tout ça. Dans les profondeurs de la mer, quand on se rebellait, où est-ce qu'on allait ? Et puis un sous-marin c'était impossible de le contrôler, si le commandant disparaissait tout le monde y passait aussi, sans aucun doute. Non, ils étaient obligés de faire avec et de tout ranger. C'est ce qu'ils firent pendant plusieurs heures, le George V avait en effet bien besoin d'un petit coup de propre. Une fois la tâche accomplie, le photographe se dirigea vers le sous-officier avec lequel il s'entendait particulièrement bien. Sam commença la discussion à voix basse pour être ne pas être surpris par des oreilles indiscrètes.

— Arthur, je dois absolument te parler de choses importantes.

— Qu'est-ce qu'il y a, pourquoi tu chuchotes ?

— Je ne veux pas être entendu, c'est urgent.

— Eh bien vas-y, dis le moi.

— Je… Je crois que j'ai un doute sur quelqu'un.

— Tu sais qui est le meurtrier ? Qui ?

— Non non, peut-être pas, enfin je ne suis pas sûr…

— Ne me fais pas plus attendre, je n'en peux plus. Qui ?

— Le commandant.

Arthur ne bougeait pas, il attendait la suite mais Sam n'ajouta rien. Arthur le dévisagea sévèrement, il était choqué par ce que venait de dire son ami, il le regarda avec une extrême colère et dû beaucoup prendre sur lui pour continuer la conversation à voix basse.

— Mais tu es fou, tu accuses ton commandant, c'est impensable, c'est celui qui s'occupe le mieux de cette affaire.

— Justement c'est ce qu'il dit, mais pourquoi ne dit-il jamais ce qu'il faisait ni où il était quand il y avait des meurtres, et je te rappelle que je l'ai vu dans la salle des machines quand j'ai découvert le corps de ce pauvre John. On ne connait rien sur lui Arthur, peut être que la gloire lui a fait perdre la boule, moi, il m'inspire de moins en moins confiance.

Ces arguments avaient fait naître de l'incertitude dans le crâne du sous-officier. Il était totalement perdu. Qui croire, à qui faire confiance, son ami avait peut-être raison, depuis quelque temps le commandant devenait beaucoup plus strict mais il avait mis ça sur le compte de la méfiance car tout le monde était nerveux suite aux meurtres répétitifs. Jamais il n'aurait pensé que son supérieur soit un dangereux assassin. Il se trouvait bien embêté et aurait préféré ne jamais avoir entendu ce que son ami lui avait dit mais voilà, c'était trop tard, et il était maintenant tiraillé par le doute. Il fit signe à Sam de partir pour qu'il puisse réfléchir seul. Il s'allongea sur sa couchette les bras croisés derrière sa nuque. Non, il s'y résignait. Ça ne pouvait pas être ça, Arthur aurait pensé à tout le monde sauf à lui. Le sous-officier était très pensif. Dès le début il pensait que c'était Julien. Ce français qui s'occupait « des grosses ferrailles » comme il disait. Après tout, le premier mort occupait son compartiment. Il avait dû le tuer pour pouvoir être plus libre après, c'était ce qu'il pensait depuis longtemps. Ce Sam avait tout mélangé dans sa tête. Ce n'était pas faux ce qu'il disait mais le commandant était réputé pour être un homme vaillant, pas un lâche qui tuerait dans le dos son équipage. Il fallait arrêter d'y penser, essayer de dormir, mais Arthur savait bien que ce soir ça allait être impossible. Il guetta chaque bruit qui venait du compartiment de Mc Barney pensant qu'il se levait pour mettre fin à sa vie. Non, c'était impossible, il se l'était dit il y a quelques minutes, le commandant ne pouvait pas être le meurtrier, mais c'était plus fort que lui. Au moindre bruit suspect il se saisissait de sa ceinture pour s'en servir comme d'une arme. Puis il n'entendait plus rien. Il souriait voyant l'état dans lequel il se mettait à chaque fois, puis quand le commandant se retournait, Arthur se remettait sur ses gardes, ressaisissait sa ceinture et serrait les dents en attendant que le bruit disparaisse. Ce petit manège l'occupa toute la nuit. Au matin il avait des cernes jusqu'en bas des joues. Quand Mc Barney lui demanda ce qu'il avait, il n'osa lui répondre.

6

Cela faisait seulement quatre jours qu'ils avaient quitté le port de Plymouth, mais la tension était à son maximum. Sam avait pris d'énormes distances avec son commandant, et ce dernier s'en était aperçu. Il avait donc décidé de lui faire faire les taches les plus ingrates pour le punir de ne pas lui faire confiance. Arthur Cree s'occupait régulièrement de vérifier si les lances torpilles étaient toujours fonctionnelles tandis que Julien Petit et William Warner s'occupaient des machines. Le matelot avait d'ailleurs un peu de mal à tout comprendre à cause du terrible accent du français. Chacun de son côté vérifiait discrètement les mouvements des uns et des autres, et si quelqu'un s'absentait trop longtemps, les pires scénarios naissaient dans les pensées. D'ailleurs, quand ils devaient accomplir seul un travail, ils passaient la moitié de leur temps à se retourner pour ne pas se faire prendre bêtement par le meurtrier. Dès qu'un bruit suspect se faisait entendre ils se regroupaient tous pas réflexe dès que c'était possible. Et quand une personne allait seule aux toilettes par exemple, le reste de l'équipage attendait ensemble son retour. Mc Barney fouillait les moindres recoins, tous, sauf son compartiment, ce qui éveillait encore des soupçons chez Arthur Cree et ne cessait de confirmer les dires de Sam. Ca faisait trois jours que le premier meurtre avait été découvert à l'intérieur du sous-marin. Le photographe ne pouvait plus tenir en place, et alors que le commandant lui ordonna de nettoyer la table de la salle des machines, normalement une tâche d'un matelot, il explosa :

— Dites-moi pourquoi vous nous informez pas de ce que vous avez-fait quand j'ai trouvé le corps de John ? Hein, mon commandant, vous avez des choses à cacher ?

Il avait prononcé ça sur un air de défi, attendant la réaction de Mc Barney. Mais ce dernier resta le plus calme possible pour se défendre. Quelqu'un qui s'énerve quand il doit s'expliquer est très suspect, et comme il n'avait rien à se reprocher, il répondit avec le sourire :

— Je me faisais une tartine, monsieur Gordon, j'ai toujours été un peu gourmand je l'avoue.

— Et quand vous êtes passé devant les WC, vous n'avez pas vu John ?

— La porte était fermée, et ce n'est pas mon style de regarder qui est dedans.

John Gordon était très embêté, il ne savait plus quoi lui dire, et le commandant le fixait lourdement ce qui était gênant. Il décida donc de ne rien ajouter de plus voyant, que ses questions ne servaient à rien, et lava la table en regardant Arthur Cree. Comme s'il voulait lui dire une fois de plus « Méfie-toi du commandant ». Mc Barney sentait les groupes se créer. D'un côté Julien et William, et de l'autre Sam et Arthur. Lui il n'était avec personne car il avait consacré tout son temps à des recherche d'indices révélateurs plutôt qu'à se faire des liens, et voilà que maintenant, quelques hommes de son équipage doutaient de lui. Il décida donc d'être un peu moins sévère avec Sam qui n'avait quand même pas sa place dans le sous-marin selon lui. C'était quand même le seul qui n'avait aucun rapport avec la mer. On n'avait jamais vu de photographes pendant des missions secrètes comme était la nôtre. Non, le ministre de l'armée de mer n'aurait jamais autorisé sa présence, alors pourquoi ce journaliste était-il là à bord. Ce Sam en plus était étrange. Il avait un terrible mal de mer pendant les deux premiers jours et dès qu'il avait découvert le corps de Charles Washington, ce fameux Sam allait tout de suite mieux. Non, cette affaire n'était pas claire et Mc Barney en avait mal à la tête à force de se la creuser.

Ça faisait trois jours qu'on avait retrouvé l'homme chargé de la communication pendu à l'échelle et son odeur de corps en décomposition faisait grimacer Julien à chaque fois qu'il entrait dans son compartiment. Le machiniste restait donc le moins de temps possible dans sa couchette et s'occupait plutôt de William. Ce matelot se débrouillait très bien pour quelqu'un qui n'y connaissait rien et il faisait d'énormes progrès en peu de temps. Il était toujours partant pour apprendre de nouvelles choses, mais Julien devait souvent répéter ce qu'il lui conseillait de faire, car ils se comprenaient mal de temps en temps. Ils restaient des heures à discuter de la France ou de l'entreprise de William, ils semblaient s'être tout dit, car des heures dans un sous-marin c'est comme une éternité.

De l'autre côté du George V, Sam et Arthur discutaient eux aussi. Le photographe ne changeait pas d'avis malgré les arguments du sous-officier : pour lui tout était très clair, le commandant était un imposteur mais pourquoi aurait-il commis tous ces meurtres ? N'avait-il pas dit lui-même quand ils avaient lu la lettre qu'il n'avait pas vérifié si un rescapé du premier HMSG5 était encore en vie ? Ca semblait insensé toute cette histoire. Personne à bord de ce monstre en acier n'avait de raison valable pour tuer des innocents comme eux, pourtant il y en avait un, c'était sûr. Il y avait un fou qui avait tout prévu depuis longtemps. Ils le voyaient tous les jours qui cachait son jeu mais ils étaient incapable de mettre la main dessus. Mc Barney non plus n'y arrivait pas. Lui qui devait s'occuper de cette affaire, il avait vite baissé les bras. Il devait être en train de se préparer une de ses tartines qu'il aimait tant à cette heure-là. Eh bien lui, Sam Gordon il allait s'en occuper, et ça allait filer droit. Il allait le trouver en moins de deux secondes et il ferait moins le malin quand il l'aurait trouvé. Il expliqua donc ses plans et ses ambitions à Arthur mais celui-ci refusa d'y prendre part. Ce que le commandant avait commencé il n'allait certainement pas le finir. Et puis il y avait plein de tâches qu'il devait faire tous les jours, il n'aurait jamais le temps de s'en occuper.

— L'assassin il ne m'aura pas Sam. Depuis qu'on a retrouvé ce pauvre Charles, je fais attention et pour l'instant ça marche bien.

Le photographe, qui ne se sentait donc pas soutenu par son ami, soupira de découragement. Après tout, que pouvait-il faire ? Ce qui serait par contre judicieux, pensa Sam, c'est que ce bougre de commandant se décide vite de retourner avec son reste d'équipage en Angleterre, histoire d'en sauver au moins quelques-uns. S'il avait du papier et de l'encre il en aurait fait un bel article, sur ce Mc Barney, il aurait ruiné sa réputation, et dès qu'ils seraient de retours en Cornouaille il ne se générait pas. D'ailleurs s'il était en face, il lui en ferait une belle, de fête, à ce flemmard. Il sortit de ses pensées noires en entendant des bruits de pas. Sur ses gardes, il sauta en arrière, le poing en l'air, et abattit son énorme poing sur la personne qu'il avait surpris.

Le commandant n'eut pas le temps de reculer d'un pas et ne put que suivre des yeux la main de Sam qui percuta son front. Mc Barney bascula la tête en arrière, accompagnant le choc, et se tenant déjà le haut de son crâne pour voir s'il ne saignait pas. Il releva les yeux en direction du photographe qui avait lui aussi reculé. Il semblait extrêmement gêné par son acte et demanda pardon en bégayant, mais le commandant n'allait pas le laisser s'en sortir à si bon compte. Il l'empoigna par la chemise et colla sa tête à quelques centimètres de celle de Sam qui transpirait à grosses gouttes :

— Tu sais morveux, y aurait des requins je t'aurais balancé la tête la première dedans. Dans ce navire, tu es rien, même les machines ont plus d'importance que toi, alors recommence ça et je te jure que j'aiderais l'assassin qui est parmi nous.

Sa voix était rocailleuse, remplie de haine.

Sam s'écarta au plus vite de l'emprise menaçante du commandant pour se rapprocher de son ami. Les paroles avaient fait leur effet et il se promettait maintenant de respecter Mc Barney. Et puis non, c'était justement ce qu'il voulait, qu'on le craigne, mais jamais un Gordon n'avait eu peur de quelqu'un et ce n'est pas parce qu'un gradé en uniforme avait voulu l'intimider, qu'il se laisserait marcher sur les pieds. Il ne perdait rien pour attendre ce vieux, il allait s'en souvenir du prochain article sur lui. Il se retourna vers Arthur pour voir de quel côté il se rangeait. Ce dernier ne tenait plus trop en place. Il voyait les yeux de son supérieur et de son ami le dévisager de façon insistante et cela le mettait particulièrement mal à l'aise. Mc Barney lui indiqua qu'il fallait le suivre d'un geste de la main puis partit en tournant le dos à Sam. Le sous-officier suivit son supérieur en regardant discrètement la réaction de son ami. Ce dernier semblait fou, à la limite de s'arracher les cheveux. Quoi, son propre ami était en train de le trahir avec ce commandant de pacotille ? Eh bien lui aussi il allait avoir un joli article, tous ceux qui sont dans ce sous-marin allaient être contents en lisant le journal. Et aucune compassion pour un photographe malade à en crever les premiers jours.

— William !

Il avait crié tellement fort que le matelot en avait eu peur. Il accourut pensant que ce bon vieux Sam avait trouvé quelque chose de très important pour lui beugler dessus.

— Qu'est-ce que tu penses du commandant ?

Sam n'avait même pas attendu qu'il soit complètement rentré dans le compartiment pour lui poser cette question, et il s'en foutait si on l'avait entendu, après tout il n'allait pas se cacher.

— Euh… Je ne sais pas, je suis censé répondre quoi ?

— Mais ce que tu penses William, ce que tu penses de ce vieux fourbe et manipulateur.

— Qu'est-ce qu'il t'a fait pour que tu sois dans cet état-là.

— Il m'a menacé de mort.

Le matelot ouvrit la bouche, mais aucun son n'en sortit. Comment ce commandant aussi renommé que lui pouvait menacer quelqu'un de mort ? C'était à peine croyable cette histoire. Donc Mc Barney pouvait être l'assassin ? Il ravala sa salive à cette idée qui lui traversait la tête pour la première fois. Il se mit à réfléchir pour savoir comment cela pouvait être possible, et tout d'un coup, il leva son index et pointa Sam du doigt. Ce photographe avait peut-être bien raison et il expliqua ce qu'il avait en tête :

— Mais oui, après tout ce ne serait pas son premier crime, non ? Il nous avait dit qu'il n'avait pas aidé le sous-marin qui coulait devant lui, il y a sûrement eu des survivants, et maintenant il perd la boule. Il tue tout le monde pensant que chacun d'entre nous est le survivant du George V, pour être sûr de ne pas être dénoncé.

Sam regardait le matelot avec une grande admiration. Il n'y avait pas pensé mais maintenant c'était bon, William avait élucidé le mystère, ils allaient le serrer cet imposteur de Mc Barney, ce criminel. Ils avaient à la fois peur mais en même temps ils étaient soulagés d'avoir trouvé qui était le meurtrier. Sam proposa à son nouveau « détective » de sortir sa bouteille histoire de fêter ça. William lui tendit en rigolant pour qu'il puisse en prendre une gorgée même s'il n'aimait pas trop partager. Sam leva la bouteille de whisky en l'air pour porter un toast à l'intelligence de William qui rougissait de plus en plus face à tant de compliments. Le photographe avala une grosse gorgée et s'essuya les lèvres d'un revers de manche. Il sourit à son ami et lui tendit la bouteille. Mais d'un geste brusque, il stoppa son ami matelot alors qu'il allait porter la bouteille à sa bouche. Le whisky avait un arrière-goût amer. Sam se leva en s'agrippant à sa couchette, fit une légère grimace et se mit à claquer des dents, de plus en plus fort, il les claquait si violemment que tout son corps se mit à trembler, ses bras essayaient de se raccrocher à n'importe quel objet et ses jambes avaient du mal à supporter son poids. Il regarda William avec des yeux injectés de sang et s'écroula sur lui. Il monta ses mains en direction du cou du matelot pour l'étrangler mais il n'avait plus aucune force. Ses mains tombèrent lourdement au sol et sa tête rebondit par terre.

Julien entra dans le compartiment des matelots car il avait besoin de l'aide de son apprenti. Comme il ne répondait pas à ses appels, il s'était déplacé jusqu'à lui pour voir ce qu'il fabriquait. En entrant, il vit le corps inerte du photographe, les bras, les jambes et la tête au sol tandis que le buste était allongé sur les genoux de William. Ce dernier regardait Sam et la bouteille de whisky qui se vidait lentement en roulant par terre au gré des balancements du sous-marin. Quand il s'aperçut que Julien le regardait, il leva ses yeux vides vers sa direction et murmura :

— Qu'est-ce qu'il s'est passé ?

Julien se précipita vers son commandant et déballa tout ce qu'il avait vu, il finit avec un :

— J'fais quoi ? J'le bute ?

— Non absolument pas, l'avez-vous vu, monsieur Petit, assassiner monsieur Gordon ?

— Non, mais y a qu'lui qui était à côté d'Sam.

— Je ne peux pas vous permettre de tuer un homme de notre équipage s'il n'y a aucune preuve. Nous pouvons juste constater trop tard que le photographe était innocent.

William qui, entre deux sanglots, n'avait entendu que le dernier mot du commandant se jeta sur lui, pleurant toutes les larmes de son corps et répétant sans arrêt la même phrase insupportable qui mettait mal à l'aise Mc Barney :

— Je suis innocent, oh oui vous avez raison je suis innocent.

Le commandant du George V rassura son matelot et le fit assoir autour de la fameuse table des réunions. Plus que quatre hommes y prenaient place, on aurait dit un navire fantôme, les couchettes se remplissaient de corps inertes, l'équipage se réduisait tous les jours et le silence s'installait peu à peu. La mort connaissait bien cet endroit et l'équipage attendait son tour sans faire d'histoire. Il n'y aurait plus d'issues pour personne. Il fallait être fou pour penser qu'ils s'en sortiraient. William tremblait et se balançait comme une personne enchaînée d'avant en arrière. Il regardait autour de lui comme s'il craignait quelque chose. A chaque fois que son regard croisait celui de Mc Barney il serrait les dents et se retenait de pleurer. Il se pencha délicatement vers le machiniste qui était à ses côtés puis chuchota

— Il voulait me tuer, mais il ne m'a pas eu.

William éclata en fou rire quand il prononça cette phrase après quoi son visage se métamorphosa en quelques secondes en pleurs, puis il se tut d'un coup et recommença de se balancer d'avant en arrière, jetant des coups d'yeux de droite à gauche.

Julien regarda Mc Barney et lui fit comprendre qu'il semblait fou. Il avait certainement perdu la raison. Un responsable technique n'était pas fait pour ce genre de métier, il avait perdu la boule ce type. Arthur qui assistait lui aussi à la scène réfléchissait. Il se lissait la moustache avec ses doigts et se retourna vers son supérieur pour lui soumettre son idée :

— Sauf votre respect mon commandant, je pense que nous devrions partir loin d'ici.

— J'ai constaté qu'un point était apparu en milieu d'après-midi. Maintenant je ne le vois plus mais il semblerait préférable d'attendre encore un ou deux jours avant de partir.

William se leva et agita son index en l'air. Il semblait être redevenu complètement normal : le matelot râleur qui avait plus l'habitude de donner des ordres plutôt que d'en recevoir. Sa petite folie l'avait complètement quitté, il se tenait droit, ses joues étaient rouge vif, et sa voix était sombre et remplie de haine :

— Avant de mourir, Sam m'a dit qu'il avait des doutes sur vous mon commandant. On a réfléchi et on s'est dit que vous tuiez les gens de ce sous-marin parce que vous étiez un psychopathe. Après tout, vous avez bien laissé des pauvres gens mourir dans l'eau. Vous avez été pris de remords et maintenant vous tuez n'importe qui en pensant qu'ils sont les survivants du premier HMSG5.

Des tics étaient apparus sur son visage, il se léchait les lèvres rapidement ou un de ses yeux se plissait légèrement, mais malgré son très grand énervement, il semblait peu sûr de lui. Julien regardait son jeune apprenti les yeux grands ouverts. Il n'en revenait pas de ce que ce dernier venait de dire ; quand à Arthur, il semblait vouloir disparaitre sous la table et se sentait très gêné. Jamais il n'aurait pensé que ce dernier puisse dire tout haut ce qu'il pensait tout bas. Il n'osait même pas regarder le commandant et ferma les yeux en soupirant, il y avait déjà assez de tensions comme ça, ce n'était pas la peine encore une fois d'en rajouter. Maintenant, tout le monde avait une bonne raison de tuer son voisin.

Mc Barney rigola, d'un rire un peu forcé mais il rigola, ce qui détendit l'atmosphère. William lui aussi rigola un peu, mais le commandant cessa d'un coup en frappant violement son poing sur la table. Toute la vaisselle se brisa par terre, et le peu d'affaires qui restaient il les jeta sur les machines, ce qui blessa profondément Julien. Ce dernier se leva pour voir s'il y avait des dégâts. Mc Barney se pencha en avant et repris son rire, qui était maintenant beaucoup plus sournois que le précédent, il ne quitta pas le matelot des yeux, comme si c'était sa proie. Une lampe grésillante éclairait faiblement le visage du maître de ce sous-marin, le rendant froid, et des ombres se dessinèrent dans les plis de ses lèvres et de son front.

— Je vais faire de ta vie un enfer.

La phrase avait résonné dans toute la pièce et un lourd silence s'abattit à la fin du dernier mot. Il faisait chaud, l'équipage transpirait et Julien qui entendait tout depuis ses machines s'était arrêté de travailler au cas où il devrait réagir. William était paralysé, son doigt était toujours en l'air, en direction du commandant mais aucun de ses muscles ne bougeait. Il voulait partir, pleurer dans un coin mais non, il était comme hypnotisé et n'arrivait pas à déplacer un muscle. Il finit par s'effondrer lourdement dans son siège et baissa la tête.

— Je veux être le prochain.

Sa voix faisait des hauts et des bas, il se retenait d'éclater en sanglot devant les autres, mais tout le trahissait. Sa respiration était forte et il ne cessait pas de renifler.

Arthur ravala bruyamment sa salive et se leva de sa chaise. Il n'y avait rien d'autre à dire. Tout le monde était au bout du rouleau et certains avaient craqué. Il avait peut-être raison William, ça servait à quoi de vouloir se battre quand on savait qu'on y passerait. De toute façon, le meurtrier s'y prenait parfaitement bien depuis le début, personne ne l'avait vu, que ce soit une ombre ou un vêtement, rien, normal qu'on devenait fou. Il bascula le corps inerte de Sam Gordon dans sa couchette puis s'allongea dans la sienne. Et dire que sur les quatre il y en avait un, qui s'empêchait de rire, qui s'amusait à tirer les ficelles, qui avait tout calculé depuis le début. Cet assassin allait emmener sept personnes dans leurs tombes et quatre ne respiraient déjà plus. Oui c'était un malin celui qui avait tout organisé, alors dans ce cas on appelait ça comment ? Un malade mental ou un génie ? Arthur réfléchissait dans son coin et se posa quelques questions. Est-ce que c'était le commandant ? Il avait voulu trouver le coupable mais il n'était arrivé à rien, et pourquoi il ne voulait jamais rentrer en Angleterre ? Ou alors Julien Petit. Que faisait un français ici, et pourquoi voulait-il absolument tuer William quand il avait appris le mort de Sam ? D'ailleurs ce William, ça ne pouvait pas être lui, il semblait vraiment terrorisé, ou alors c'était un très bon acteur et dans ce cas il lui tirait son chapeau. Il se reposa dans son compartiment en pensant que les autres devaient aussi se poser des questions.

C'était exactement ce que faisait Julien devant ses machines, en enlevant les bouts d'assiettes brisées, il réfléchissait. Qui semblait suspect ? Un peu tout le monde en fait. William se comportait de plus en plus bizarrement, c'était sûrement celui qui réagissait le plus mal à tous ces crimes, mais après tout, ça pouvait être de la très bonne comédie. Il y en avait pourtant un qui semblait plus étrange que les autres. Arthur Cree, on l'avait pas beaucoup entendu depuis le début, il semblait très réservé, mais quand on parlait un peu avec lui, il n'avait rien d'un criminel ; en plus, il faisait partie des personnes qui voulaient remonter à la surface, pas comme cet entêté de commandant qui voulait à tout prix se cacher au fond de l'eau, et le pire c'était qu'il avait sûrement raison le vieux, si on bougeait un petit doigt dans ces eaux allemandes on se ferait descendre en quelques secondes, mais il faudrait bien remonter à un moment ou un autre. « C'était du suicide de nous avoir envoyé ici » pensa-t-il.

Mc Barney faisait les cents pas, il ne tenait plus en place, la décision qu'il avait prise de rester ici était très importante et il ne savait pas si c'était la bonne. L'équipage allait mal le regarder mais il s'en moquait des autres, il voulait vivre lui, il n'allait pas se laisser tuer dans un sous-marin par un fou. Il en avait vues des choses affreuses pendant toute sa vie, un ami qui tombe raide mort dans vos bras où enlever l'âme d'un allemand que vous ne connaissiez pas, qui était comme vous, contre la guerre mais qui se trouvait au mauvais endroit au mauvais moment, il n'avait pas eu le choix, c'était lui ou l'allemand, il avait été plus rapide c'est tout, simple coup de chance. Il avait aussi bombardé le navire d'un pauvre pêcheur, sans armes ni rien pour se défendre, mais les ordres étaient les ordres, pendant les missions pas de témoins possibles… Alors ce tueur en série à l'intérieur du sous-marin ça ne lui faisait ni chaud ni froid. Ce crétin de William l'avait énervé devant son équipage et il passait maintenant pour le commandant tyrannique. Il ne le pensait pas, quand il avait dit qu'il allait faire vivre un enfer à ce pauvre matelot, mais il fallait le remettre à sa place. Il avait encore des hommes à diriger et plus il en perdait, plus la tâche de remonter à la surface deviendrait difficile. Il s'arrêta de marcher en rond dans son compartiment et passa la tête dans le couloir. William Warner était toujours assis sur sa chaise, les yeux larmoyants, il était profondément atteint. Deux hommes angoissés et un troisième qui sombre peu à peu dans la folie, ils faisaient peine à voir tous, avec leurs visages creusés par les rides et les cernes. Plus personne ne dormait la nuit, chacun attendait dans une grande peur la mort qui viendrait les cueillir. Il poussa les outils de Julien qui prenaient de plus en plus de place dans le couloir du George V puis alla s'allonger. Il avait beau être le supérieur de ce sous-marin il se sentait impuissant face aux évènements. Lui qui pensait il y a quelques instants encore que de savoir qu'un assassin était parmi eux ne l'atteignait pas, il se surprit à essuyer quelques gouttes de sueur glacée le long de son front. Le silence régna en maître cette nuit-là, il n'y eut aucun craquement d'acier, aucun geste suspect dans les autres couchettes, juste le bruit sourd et régulier des machines. La mort attendait patiemment sa prochaine victime dans l'ombre.

7

Encore un réveil difficile, ils avaient la sensation de vivre un cauchemar. Toutes les journées étaient les même sauf que chaque jour, une personne disparaissait, et c'était certainement ce qui allait se passer à nouveau. Qui était le prochain maintenant ? La question résonnait dans la tête de tout l'équipage, personne ne se regardait, chacun profitait de ses derniers instants à sa façon. Mc Barney regarda autour de lui et ne vit pas William Warner. Arthur et Julien étaient bien là mais il manquait le matelot. Le commandant se précipita dans le compartiment de William et le vit, étendu raide comme un piquet dans sa couchette. Mc Barney jeta un bref coup d'œil dans la pièce et ses yeux tombèrent sur la bouteille de whisky. Il se précipita sur William et le secoua de toutes ses forces en hurlant :

— Monsieur Warner, pourquoi avez-vous bu dans la bouteille, pourquoi avez-vous fait ça ?

William écarquilla de grands yeux et ne comprenait pas très bien ce qu'il lui arrivait, il se faisait secouer dans tous les sens d'avant en arrière et distingua faiblement le visage de son supérieur. Quand Mc Barney s'aperçut que son matelot était vivant il relâcha un peu son emprise et recula pour le laisser respirer.

— Monsieur Warner, vous n'êtes pas mort ?

— Mort ? Pourquoi ? Vous avez essayé de m'étrangler ?

— Non, je pensais que vous aviez bu dans la bouteille empoisonnée.

— Moi ? Mais pas du tout, je dormais figurez-vous.

Mc Barney dévisageait William avec surprise et crainte. Sa mâchoire inférieure pendait dans le vide sans qu'aucun son n'en sorte. Il avait mal entendu, c'était une blague, ce petit malin se foutait de lui, c'était impossible ce qu'il venait de dire. Il avait dormi ? Lui qui semblait le plus atteint par tous les évènements, il avait dormi comme un bébé sans être inquiété ? Il continuait de fixer son matelot du regard, il inspectait son comportement et essayait de lire dans ses pensées. Il ne rigolait pas, il avait bien roupillé, il manquerait plus que cet inconscient lui raconte son joli rêve et ce serait la totale.

Arthur ne se reconnaissait plus, il avait pris la fâcheuse habitude d'écouter les conversations de tout le monde et celle de William et du commandant ne lui avait pas échappé. Il faisait tous les matins le même rituel, inspecter les machines, regardait si les torpilles pouvaient être fonctionnelles et toutes les taches que doit accomplir un sous-officier. Les hommes tombaient jour après jour laissant toujours un vide et pourtant il avait cette sensation d'être à l'étroit. Lui qui adorait les sous-marins, lui qui avait même aidé financièrement et anonymement pour ne pas se faire harceler par les journalistes à la reconstruction de ce sous-marin, il se sentait oppressé, plus personne ne se parlait, ou alors c'était pour s'accuser, même Mc Barney ne donnait plus que le strict minimum comme ordres. Julien restait enfermé dans sa ferraille, il se sentait probablement à l'abri, dans son milieu, et Arthur avait d'ailleurs remarqué qu'il se déplaçait avec une clef à molette dans la main, prêt à réagir au cas où il serait dans la nécessité de l'utiliser. Mais Arthur était surtout préoccupé par le matelot. Il y avait réfléchi toute la nuit, et de savoir qu'en plus ce dernier avait dormi n'avait fait que confirmer ses craintes. Les moindres gestes que faisaient William étaient surveillés par le sous-officier, il errait comme un fantôme, depuis qu'il avait dit qu'il voulait être le prochain à mourir et il ne faisait pas grand-chose pour aider. Il se laissait facilement distraire quand Julien tentait de lui apprendre de nouvelles bricoles dans les tuyauteries, il restait dans sa chambre et regardait les livres sans chercher à lire, mais surtout, il rasait les murs quand il croisait le commandant. On aurait dit des pires ennemis qui s'étaient trouvés par malchance dans la même embarcation. Le matelot baissait la tête et accélérait tout droit en regardant ses pieds tandis que le commandant s'arrêtait pour lui jeter un regard noir.

L'amitié qu'Arthur avait au début avec William était complètement rompue, la mort de Sam avait tout bouleversé et il se rangeait maintenant du côté de Mc Barney. Cependant il n'était pas d'accord sur un point, le fait de rester au fond de cette eau allemande. Oui il y avait des risques à remonter à la surface, oui ils pouvaient se faire torpiller et exploser d'une seconde à l'autre s'ils bougeaient car les allemands étaient beaucoup mieux équipés, mais selon le sous-officier, rester ici était pire. Charles avait été retrouvé pendu, Peter était mort étouffé, John s'était fait briser le cou et hier Sam succombait à un empoisonnement. C'était trop, au moins, se faire exploser par une torpille semblait plus violent mais sûrement moins douloureux, il ne pouvait pas s'imaginer une seconde de plus dans cet enfer, il avait besoin de bouffées d'air frais, de sentir le soleil rafraîchir sa peau, le clapotement des vagues contre la coque, de voir un bout de terre au loin, laisser ses cheveux et sa moustache face aux vents, tendre les bras et sourire à la vie une dernière fois peut être… Il était en train de rêver, de s'imaginer quelque chose qui n'arriverait jamais. Non il allait crever comme les autres, tué affreusement, mais il n'avait pas dit son dernier mot. Il se dirigea vers Mc Barney, qui se détruisait les yeux devant l'écran de contrôle, pour l'obliger à remonter à la surface :

— Mon commandant, nous devons absolument remonter à la surface ou vous vous occuperez d'un équipage de fous.

— Certainement pas, nous sommes dans les eaux allemandes, à quelques centaines de mètres de la côte, nous ne remonterons pas.

Mais le commandant semblait perturbé. Il regardait ailleurs, comme s'il ne voulait pas assumer son choix. On était loin du commandant qui n'avait peur de rien et qui faisait régner l'ordre et la discipline rien qu'avec le son de sa voix. Le sous-officier serrait les poings, il ne pouvait pas se résigner à mourir ici, ça serait trop bête, il persévéra pour convaincre son supérieur de regagner la surface.

— La nuit, il y a sûrement moins de trafics, remontons et barrons nous d'ici, c'est un ordre mon commandant.

Il serrait ses poings tellement forts qu'il en avait les mains rouges, il avait un air autoritaire et la carrure d'un dirigeant.

Mc Barney était très surpris qu'on lui parle sur ce ton, il soupira, se rendant compte qu'il était contraint d'accepter pour ne pas être au cœur d'une mutinerie. Il retourna à son écran, guettant le moindre point lumineux qu'y si afficherait. Lui, le héros de guerre des batailles sous-marines dans tous les océans du monde, ne contrôlait plus rien de ce qui se passait. Il avait essayé de le trouver ce meurtrier mais rien, rien toujours rien, et son équipage avait commencé à avoir des doutes sur lui, il avait été vu dans la cuisine par Sam quand ce crétin de John avait trouvé la mort, et personne ne pouvait confirmer son alibi comme quoi il se faisait juste une tartine. William Warner avait lui aussi des soupçons, qui s'étaient aggravés ce matin, il voulait juste vérifier que son matelot n'était pas mort en réagissant à ses claques et le matelot avait pris son geste pour une tentative d'étranglement. Tout était contre lui alors pourquoi se battre ? Mais il n'allait pas pour autant baisser les bras. Il allait faire profil bas et n'allait plus trop s'imposer, mais il n'allait tout de même pas se laisser tuer. Il gonfla son torse en repensant à tous les exploits qu'il avait gagnés dans sa vie, et retourna vers le poste de commandement. C'était plus fort que lui, c'était ça sa personnalité, il était fait pour agir et non pas pour subir. Ils étaient toujours trois contre un, ce qui représentait toujours un avantage. Au fond, peut-être y avait-il encore un espoir.

Arthur Cree passa la matinée à contrôler chaque partie du sous-marin, écran de contrôle, torpilles, moteurs, hélices, tout était vérifié plusieurs fois pour voir si tout pouvait fonctionner normalement. Au repas il transpirait, tous les efforts qu'il avait fournis seul dans ce sous-marin l'avaient épuisé. Le reste de l'équipage le regardait bizarrement, bien sûr ils voulaient tous quitter ce sous-marin au plus vite mais apparemment le sous-officier était le plus pressé de tous. En même temps, mourir dans un sous-marin qui avait nécessité énormément d'argent pour sa reconstruction était rageant.

William refaisait le point dans sa tête. Mc Barney, ce lâche, avait fui alors que le George V sombrait dans l'eau avec tout un équipage, Julien avait participé à la construction des sous-marins de ce genre-là, et Arthur avait donné de l'argent pour qu'il soit remis à neuf. Mais lui, William Warner, il n'avait rien à voir avec ça, on lui avait reproché d'avoir été le directeur technique d'une entreprise de bouées mais il n'y avait aucun rapport avec tous ces meurtres, voilà pourquoi il sombrait dans la folie, qu'est-ce qu'il foutait là, c'était un cauchemar cette histoire, il n'avait rien fait, il jurait dans son coin, il s'en souviendrait de cette première mission ! Tant pis pour ce qu'on lui avait dit sur les tranchées, s'il s'en sortait vivant de ce sous-marin de malheur et de cet équipage de fous, il quitterait définitivement l'armée de mer. Le ministre pouvait bien aller se faire cuire un œuf, son abruti de neveu avait été retrouvé la nuque brisée dans des toilettes : le temps qu'il s'en remette, il allait sûrement oublier l'existence de William, et il allait en profiter de ce temps de répit pour partir dans le nord de l'Angleterre. Il préférait encore fuir, se cacher, dormir dehors dans la rue, que d'être coincé dans un sous-marin ayant à son bord un assassin. Il changerait tout s'il le fallait mais plus jamais il ne mettrait les pieds sur un navire de guerre dirigé par un incapable qui était en plus est un salopard de meurtrier.

Sans s'en rendre compte le matelot s'était levé et avait parlé à voix haute. Le commandant n'apprécia pas la dernière partie et Julien eu le bon réflexe de s'interposer pour éviter de faire parler les poings qui volaient maintenant à la moindre phrase de reproche. Et encore une fois, la tension était palpable, Mc Barney avait les yeux rouges injectés de sang, des rides apparaissaient toujours de plus en plus distinctes le long de son front, ses dents se serraient et un grognement d'animal en sortait, ses yeux étaient plissés et foudroyaient William tandis que ses mains s'abattaient dans le vide en espérant toucher sa cible. Le matelot n'y prêta aucune attention, il continuait de se parler à lui-même. Peut-être qu'il voyait ce qui se passait mais William savait que ça ne servait à rien de réagir, ou alors il était réellement perdu dans son monde, si bien qu'il ne voyait pas ce qui se passait à côté de lui. Le sous-officier soupira, et il quitta la table, laissant le machiniste français gérer seul la situation.

Mc Barney, fou de rage, se dégagea de Julien. Légèrement calmé il ne sauta pas comme une bête sur son matelot, mais ce n'était pas l'envie qui lui manquait. Il se devait de montrer l'exemple, et lui qui ne voulait pas qu'on se comporte comme des chiffonniers dans un sous-marin se devait de respecter sa propre règle. En effet, il était urgent de remonter, l'air pur ferait du bien à tout le monde. En plus de ça, tout ici sentait mauvais. Les corps en décomposition remplissaient l'air de toutes les salles du George V, Julien transpirait tout le temps et sa sueur s'était collée à son unique salopette noire de crasse. Cette odeur se mêlait à l'autre, rendant l'atmosphère de moins en moins respirable. Le commandant repensa à sa vieille femme qui devait l'attendre déjà depuis quelques jours et qui devait se faire beaucoup de soucis. Les journaux ne devaient parler plus que de ça, et le quartier général au sol avait dû essayer d'établir une liaison avec le sous-marin, mais les allemands savaient s'équiper, et les brouilleurs étaient maintenant très répandus. Ils risquaient même de se faire repérer à cause de ça : il suffirait qu'un ingénieur capte la ligne, qu'un nazi parlant anglais traduise le message, et le tour était joué. Si ça se trouve, les allemands étaient déjà à la recherche du sous-marin anglais, peut-être même que ce n'était plus qu'une question de minutes avant de se faire exploser, peut-être de secondes… Non, pendant sa dernière mission il avait réussi à semer les meilleurs sous-marins du monde, les U-boote. Meilleures hélices, meilleurs moteurs, meilleures recharges des torpilles, et pourtant, il avait sauvé son navire et son équipage avec, alors que c'était loin d'être gagné. Il avait gardé son sang-froid et il avait échappé au sous-marin ennemi en décidant les différentes manœuvres. L'U-boot était passé au-dessus en continuant sa route dans la même direction. Tous les hommes de Mc Barney étaient terrorisés, certains faisaient une prière, d'autre gémissaient et d'autres provoquaient des bagarres pour obtenir une bible. Seul un matelot, jeune et sans expériences, qui avait été timide depuis le début de la traversée s'était approché de Mc Barney pour l'aider à remonter à la surface et retourner en Angleterre. Ils l'avaient fait, ils n'avaient été que deux à remonter un monstre d'acier en dehors des profondeurs, puis l'équipage avait repris espoir et ils s'étaient redirigés vers leur port. A terre, son équipage l'avait porté comme un héros, louant ses exploits dans chaque taverne. Les médias s'en mêlèrent très vite et l'information était remontée aux oreilles du ministre de l'armée de mer qui l'avait décoré pour avoir sauvé la vie de plusieurs hommes et pour avoir ramené un sous-marin au port sans aides. Oui, sans aides, car les marins, pour rendre encore plus héroïque leur commandant, avaient raconté qu'il avait tout fait seul. Et lui, pour être le seul à être félicité, avait nié les dires du matelot qui l'avait aidé. Il s'en voulait maintenant, il ne savait pas ce qu'était devenu ce jeune matelot qui méritait d'être récompensé et promu pour ses exploits. Mais la célébrité l'avait rendu aveugle, il sentait que le marin pouvait lui faire de l'ombre et il l'avait repoussé. Enfin, il avait tout de même sauvé son équipage et il avait évité un bain de sang. De sang… Ce mot résonnait dans sa tête. Ce mot était important, il le savait mais il n'arrivait pas à savoir pourquoi. Sang, il l'avait sur le bout de la langue, pourquoi ces quatre lettres l'interpellaient-il autant, était-ce un indice pour trouver le meurtrier ? Oui, il fallait qu'il se creuse la tête, savoir pourquoi il bloquait sur ce mot. Il resta dans la même position pendant plusieurs minutes, les sourcils froncés, perdu dans ses pensées. Il se remémora mentalement tous les meurtres un par un. Charles Washington avait été pendu, Peter Matt avait été retrouvé étouffé par un coussin, John Houdegard avait eu la nuque brisée et enfin Sam Gordon avait été empoisonné. Quelque chose clochait dans cette histoire, une information était devant ses yeux et il ne trouvait toujours pas pourquoi le mot « sang » vibrait autant dans ses tympans. Il releva brusquement la tête et un sourire se dessina très nettement sur son visage, il venait de faire une très grande découverte qui allait tout changer. Ils avaient une chance de s'en sortir vivant, de trouver qui était le meurtrier. Comment n'y avait-il pas pensé plus tôt ? Maintenant qu'il était au courant d'une information cruciale il s'en voulut de ne pas l'avoir trouvée plus tôt, cela aurait peut-être évité un ou deux morts. Mc Barney venait de trouver que l'assassin de ce sous-marin avait peur du sang, car pour tous ces meurtres il n'y avait eu aucune giclée de sang, de terrible hémorragie où autre agression violente qui aurait provoqué des écoulements de sang. Le commandant avait une idée, il allait regrouper son équipage, du moins ce qu'il en restait, prendre le couteau suisse de William et se taillader le doigt pour voir qui tournerait de l'œil.

* *

*

Ils étaient tous autour de la table à se demander pourquoi leur supérieur les avaient appelés, ils étaient tous là sauf Arthur Cree qui était introuvable depuis que Mc Barney avait voulu assommer William. Le commandant appela son sous-officier pour savoir ce qu'il fabriquait mais aucune réponse ne lui parvint. Ils se regardèrent pour chercher des explications à sa disparition et une voix tremblante et hésitante résonna dans le George V :

— Julien tu peux venir ?

C'était Arthur Cree qui avait dit ça et le machiniste fût d'autant plus surpris quand il s'aperçut que la voix venait de son compartiment. Qu'est-ce que le sous-officier faisait dans le compartiment de Julien ? Cela éveilla la curiosité de ce dernier qui se leva et se dirigea vers sa couchette pour savoir pourquoi on l'avait appelé. Mc Barney et William se retrouvaient seuls, face à face, le commandant, avec son couteau qu'il faisait rouler sur la table, et le matelot qui suivait, comme émerveillé, les mouvements du couteau. Un temps assez long s'écoula et les deux hommes commencèrent à s'inquiéter car personne ne revenait. Aucun bruit ne s'échappait du compartiment du machiniste, c'était le calme le plus total. William était de plus en plus nerveux et ça faisait un bout de temps qu'il gigotait sur sa chaise, peu rassuré d'être seul face à Mc Barney, d'autant que ce dernier était armé. Il appela Julien, puis Arthur, mais il n'y eut pas de réponses. Les deux hommes hésitaient, ils n'auraient pas dû se séparer et ils avaient peur de ce qu'ils allaient trouver en entrant dans le compartiment du français. Le commandant ordonna à son matelot d'aller voir ce qui se passait mais ce dernier refusa catégoriquement l'ordre de son supérieur ; mais quand il vit que Mc Barney saisissait plus fermement le couteau dans sa main il sauta de sa chaise et se dirigea, tout de même lentement, vers la dernière salle du sous-marin.

William entra dans l'obscurité de la pièce, on n'y voyait rien et seule une lumière rouge éclairait faiblement le compartiment, faisant apparaître derrière le matelot une ombre inquiétante. L'odeur de la mort planait dans l'air, ça faisait un bout de temps que Charles ne respirait plus et on le sentait très nettement. Il avança tout de même, se tordant les mains moites nerveusement dans tous les sens, sa respiration était forte et irrégulière, ses dents qui claquaient les unes contre les autres brisaient le silence. Il chuchota, comme s'il ne voulait pas se faire entendre :

— Arthur ? Julien ? Souffla-t-il avec angoisse.

Bien évidemment, rien ne se fit entendre, il était seul, perdu, il voulait retourner en arrière, courir jusqu'à Mc Barney pour lui dire qu'il n'avait vu personne, qu'ils avaient disparu tout simplement et qu'il ne fallait pas s'affoler. Mais il distingua une forme sur la couchette du machiniste. Il avait peur, son corps refusait de bouger mais la curiosité avait pris le contrôle de ses jambes et il avançait tout seul, malgré une crainte certaine, jusqu'à voir la forme d'un homme sous la couverture de Julien. C'était un piège, on allait lui sauter au visage, l'égorger en lui mettant la main sur la bouche et c'en serait fait de lui, quel inconscience de faire ce qu'il s'apprêtait à faire. Il tendit pourtant la main et enleva le drap pour voir qui était en dessous. Alors voilà, un de moins, ils n'étaient plus que trois hommes en vie, dont un qui avait disparu. Arthur Cree avait les yeux fermés, sa tête était parfaitement droite et ses bras se trouvaient le long de son corps. Plus de sous-officiers à bord, le dernier était tombé.

Alors c'était le français, c'est lui qui avait fait tout ça, c'est lui qui assassinait les autres depuis le début, et comme par hasard ce dernier était introuvable. Il s'en voulait d'avoir accusé le commandant à tort mais pourtant tout portait à croire que Mc Barney était l'assassin. Le matelot rebroussa chemin, tout aussi lentement qu'à l'allée. Il était dépité, il avait travaillé à côté du machiniste, il avait rigolé avec lui et maintenant il se sentait trahi. Le commandant n'avait pas bougé de place, il attendait le retour de William et quand il vit la mine de son matelot il comprit instantanément ce qui s'était passé. Ce qui était étrange c'est que William était seul, les deux autres s'étaient il entre-tués ? Avait-il vu du sang sur une victime ? Qui avait été l'assassin pendant tout ce temps ? Les questions fusaient dans sa tête et ça l'agaçait de voir son matelot prendre tout son temps pour s'asseoir sur sa chaise. Enfin William regarda son supérieur pour lui dire ce qu'il avait vu :

— C'est ce lâche de machiniste qui a tué Arthur et les autres.

— Arthur est mort ? Tu as vu du sang ?

— Non je n'ai pas vu de sang, enfin, c'était très sombre, je ne voyais pas trop.

— Et Julien, il est mort aussi j'imagine.

— Non.

— Alors t'as réussi à lui échapper ?

— Non, je ne sais pas où il est.

Il y eu un silence. Ce n'était pas la première fois qu'il entendait des choses bizarres mais là c'était le bouquet. Un homme avait disparu dans un sous-marin. S'il s'en sortait, et il allait s'en sortir, il en aurait des choses à raconter à ses collègues. Donc voilà, ils n'étaient plus que trois, le meurtrier était Julien, et William, l'homme d'équipage avec qui il avait eu le plus de tension était finalement son seul allié. Mc Barney incita William à rester près de lui, ils n'étaient plus que deux mais ils étaient toujours en supériorité numérique, le problème était que le français avait un physique assez fort, et que si l'un des deux tombait nez à nez avec le machiniste, l'issue du combat serait vite réglée.

* *

*

Cela faisait deux heures que le dernier meurtre avait été commis. Julien ayant disparu, plus personne ne réglait l'arrivée d'air ni les autres machines indispensables qui pouvaient devenir meurtrières si on les laissait trop longtemps sans surveillance. Il faisait une chaleur insupportable, et l'air devenait étouffant. William Warner et Mc Barney n'avaient pas bougé de leurs sièges, ils étaient tous deux torses nus, à respirer bruyamment et à essuyer des sueurs glaciales qui coulaient le long de leur visage ou de leur échine. Ils sentaient comme un poids sur leurs épaules, ils étaient courbés, les réserves d'eau s'étaient très vite épuisées, et ils faisaient maintenant très attention au peu qu'il leur restait ; mais ils savaient qu'ils ne passeraient pas la nuit dans ces conditions, qu'il fallait vite réagir. Mais que faire dans un sous-marin lorsqu'on n'est que deux ? Leurs mains tremblaient et pourtant ils n'avaient plus la force de bouger un seul membre, même le fait d'inspirer leur brulait la gorge, ils toussaient, se tordaient de douleur en se tenant le ventre et leurs yeux rouges avaient enflé. William se laissait peu à peu abattre, il savait qu'il n'en réchapperait pas, il l'avait toujours dit alors à quoi bon se battre. Il s'était allongé, son buste se gonflait et se dégonflait irrégulièrement, il haletait avec peine tandis que le commandant, lui qui voulait lutter pour sa vie s'était, tout de même avec peine, levé vers le poste central de commandement. Il y avait encore un chef dans ce navire de guerre, et il allait le faire savoir à ce Julien de malheur. Il avait eu la sensation d'avoir mis des années à atteindre la pièce principale pour pouvoir diriger le George V alors que ce n'était qu'à quelques mètres, les forces allaient bientôt lui manquer et il devait faire au plus vite avant qu'ils ne meurent tous par manque d'oxygène. Il se sentait poussé par un souvenir, la fois où un matelot et lui avaient remonté un sous-marin des profondeurs, cette pensée lui redonnait du courage : William pourrait très bien y arriver, le français avait eu tort de lui apprendre comment fonctionnaient les machines. Mc Barney reprenait son souffle, il haletait, il savait qu'il allait devoir crier des ordres alors que sa gorge était en feu.

Maintenant il priait pour que son matelot aille jusqu'aux machines.

William Warner avait compris ce que son commandant voulait faire quand il s'était levé vers le poste de commandement. Cette idée lui semblait folle, c'est vrai que Julien lui avait expliqué comment utiliser pratiquement toutes les machines mais il ne l'avait jamais fait, en plus aucun moyen de savoir si des foutus allemands trainaient dans les environs. C'était une mission suicide. Il avait décidé d'attendre allongé par terre, de ne pas bouger, de laisser l'autre gigoter et perdre le peu d'énergie qu'il lui restait, puis il avait réfléchi. Depuis le début il passait pour un lâche, un faible qui abandonnait au moindre obstacle, un illettré qui préférait se cacher et fermer les yeux plutôt que d'affronter la réalité. Il voulait qu'on le regarde autrement, oui il allait sûrement mourir, mais ça n'allait pas être allongé ici, gémissant contre la vie qui lui semblait trop injuste envers lui. Il allait mourir de vieillesse dans un vrai lit, avec une jolie femme à ses côtés, un toit au-dessus de sa tête, à Londres. La guerre finira bien par se terminer et alors ce sous-marin maudit ne sera plus qu'un vulgaire mauvais souvenir. Il se leva péniblement en s'aidant de sa chaise, il grimaçait de douleur au moindre mouvement, ses jambes pouvaient fléchir à tout moment, ses bras s'appuyaient à tout ce qui pouvait supporter son poids, mais ses yeux fixaient un objectif qu'il ne lâcherait pas. D'une main tremblante il s'accrocha à un levier qui actionnait le moteur, il n'avait plus qu'à attendre les ordres de son supérieur qui n'allaient pas tarder. Il prit son souffle et regarda autour de lui en essayant au mieux de se souvenir ce que lui avait dit ce traitre de français.

Mc Barney lança ses ordres en tournant délicatement une manivelle entre ses mains glissantes, il fermait les yeux, il savait ce qu'il devait faire, tout était dans la concentration. A tout moment ils pouvaient exploser sous l'impact d'un missile, à tout moment soit William soit lui pouvait perdre connaissance sous cette chaleur et l'air irrespirable, à tout moment le matelot pouvait se tromper entre les machines et le sous-marin serait hors contrôle, ou alors, à tout moment Julien pouvait réapparaître. Les chances de s'en sortir étaient minimes, le commandant ne croyait pas aux miracles mais là il voulait y croire, il voulait s'en sortir vivant, revoir la lumière du jour. Pour ça il fallait qu'il reste concentré et il se devait de continuer à diriger son matelot qui s'en sortait très bien.

William Warner ne se battait pas contre la mort pour son commandant, pour lui ou pour la femme qu'il se trouverait plus tard. Il faisait ça juste pour le soleil. C'était la chose qui lui manquait le plus, après, il aurait tout son temps de bâtir son avenir. Ressentir ses rayons sur son visage, sa douce chaleur, la lumière qu'il pouvait apporter. Il ne savait pas si dehors c'était la nuit ou le jour mais il espérait au plus profond de lui que la rosée du matin se collerait sur ses joues. Il savait que ce genre de pensées le motivait, lui donnait la rage pour continuer, il avait besoin de ça et entre deux ordres du commandant, entre deux gestes qui lui semblaient impossibles à faire, il se souvenait de la beauté de la mer et du soleil, puis il retournait à ses machines avec toujours un peu plus de convictions. Ils n'étaient que deux à faire remonter le George V, mais ils allaient y arriver même si toutes leurs forces physiques ou mentales devaient y passer.

8

Ils avaient réussi ! Ils l'avaient fait alors qu'ils n'étaient que deux, les personnes qui se détestaient le plus dans ce sous-marin avaient réussi ensemble à remonter le sous-marin à la surface. William Warner était couché sur le ventre, il n'avait même pas la force de se retourner. Il savait qu'il ne pourrait jamais se trainer jusqu'à l'échelle et ressortir de ce sous-marin, mais il souriait car il avait accompli sa mission. Le commandant allait s'en sortir, cette pensée le rendait heureux, quelqu'un allait vivre grâce à lui, quelqu'un allait sortir vivant de ce cauchemar et ça lui réchauffait le cœur. Dans les dernières manœuvres, quand Mc Barney lui avait demandé de baisser le levier pour couper les moteurs, une crampe à la jambe s'était emparée de lui. Il avait donc laissé son corps tomber sur le levier pour le baisser, et son dos avait craqué. Maintenant il ne sentait plus aucun des muscles de son dos ni de ses jambes. Il était condamné à regarder le sol. Au départ il avait pensé se trainer avec l'aide de ses bras mais son corps ne réagissait plus, son cerveau ne commandait plus aucun membre, il était obligé de rester à terre. Il avait ensuite pensé appeler son commandant pour qu'il le soulève et l'emmène dehors mais ce dernier devait aussi être à bout de force et devait sûrement penser à sa propre survie, ce qui était normal chez un être humain. De toute façon, ses lèvres ne bougeaient plus et ne bougeraient plus jamais, c'était la fin et il l'avait acceptée, ça faisait longtemps qu'il l'avait acceptée, tant pis pour sa femme qu'il ne trouverait jamais, tant pis pour la mer, et tant pis pour le soleil ; quand la vie condamne, on n'a plus qu'à attendre que tout se finisse pour de bon.

Mc Barney laissait pendre sa tête dans le vide, il utilisait le minimum de ses muscles pour ne pas s'épuiser inutilement. Il reprenait son souffle même si l'air était de plus en plus oppressant, il attendait son matelot pour le féliciter mais il n'arrivait pas. Il avait donc compris qu'il lui était arrivé quelque chose et il avait longuement hésité. Secourir son matelot qui était devenu son ami ou s'emparer de l'échelle qui était à un mètre de lui et sortir. Il réfléchissait, il était coincé entre ses deux choix et la survie avait pris le dessus. Tant pis pour William, certaines âmes ne peuvent pas être sauvées, lui il avait encore des chances de s'en sortir et il n'allait pas les laisser filer. L'étoffe de l'officier qui prenait des décisions importantes avait ressurgi en lui : d'une main pleine d'assurance il s'empara d'un barreau de l'échelle pour commencer à l'escalader. Mais quand il leva la tête tout son courage disparu, il se sentait tout petit et une petite voix lui murmurait « tu n'y arriveras jamais ». Sa main lâcha peu à peu sa prise et il se laissa tomber à genoux face à son obstacle. A quoi bon se battre, il lui semblait ne pas voir le bout de cette maudite échelle, il se sentait ridicule à côté, en plus il devrait ouvrir le kiosque avec une manivelle qui le séparait de l'air libre. Il ne voulait plus avancer, fermer les yeux et attendre la fin avec William… William, il s'était sacrifié pour lui, pour qu'il vive et il s'apprêtait à faire l'égoïste, à tout abandonner parce qu'une foutue échelle était devant lui ? Il se releva d'un coup, honteux de ce qu'il venait de penser, il allait mettre la douleur et la fatigue de côté et vivre pour que le sacrifice de son ami ne soit pas vain. Il tourna la manivelle qui ouvrait le kiosque avec rage, il ne pensait qu'à sortir d'ici au plus vite, et quand le kiosque fût ouvert en grand il se précipita sur l'échelle sans se préoccuper de ses bras qui bougeaient dans tous les sens. Mais à peine ses mains furent-elles posées sur les barreaux qu'il reçut un violent coup de botte dans le creux du genou. Il perdit son équilibre et tomba en se cognant la tête.

William Warner était au sol quand il avait entendu du bruit derrière lui, qui venait des compartiments de Charles et de Julien. Il ne pouvait pas se retourner mais il savait que ça n'indiquait rien de bon. Quand il sentit que les pas se rapprochaient il aurait voulu hurler, se lever et se sauver mais ça lui était impossible, ses jambes refusaient toujours catégoriquement de le porter. Il sentait la présence d'une personne à quelques centimètres de lui, si seulement il pouvait se retourner pour faire face au danger. Soudain, son corps se souleva dans les airs, sans qu'il ne comprenne quoi que ce soit : il se faisait trainer. Ses bras et ses jambes touchaient le sol mais son buste était retenu par une main qui le tenait fermement pas le dos. Il aurait pu, à plusieurs reprises, s'accrocher à un objet pour lutter, mais à quoi bon, à quoi bon se battre contre quelqu'un qui avait beaucoup plus d'énergie que lui. D'ailleurs comment se faisait-il que son agresseur soit aussi puissant ? Lui, il ne respirait qu'une fois sur cinq, et c'était péniblement qu'il inspirait le peu d'oxygène qui se trouvait dans ce sous-marin. Personne ne pouvait avoir la force de celui qui le soulevait aussi facilement, même Julien, qui possédait pourtant un physique développé, n'arriverait pas à faire une telle prouesse. Décidément il ne comprenait vraiment rien à ce qui lui arrivait. Quand il vit qu'il se dirigeait vers son commandant, William aurait voulu crier pour l'avertir du danger mais même un murmure était un supplice. Il baissa la tête, impuissant, et assista sans pouvoir réagir au coup de botte dans le dos de son supérieur. Cette botte… Cette bote lui disait quelque chose. Cette botte il l'avait déjà vue mais au pied de qui ? Il n'arrivait pas à se concentrer et à se souvenir à qui appartenait cette botte. Il s'élevait de plus en plus dans les airs, il avait l'impression de voler, c'était une belle sensation. Plus aucun de ses muscles ne réagissait et pourtant il flottait comme un spectre, les barreaux d'échelle qui cognaient sa tête lui rappelaient qu'il se trouvait dans la réalité, et de voir son ami se tordre de douleur le rendait triste. Il était dehors, son agresseur l'avait jeté contre le sous-marin et malgré le sol glissant il ne tomba pas dans l'eau. Il faisait nuit noire, ça lui faisait du bien d'être dehors, il pensait qu'il n'aurait jamais pu y retourner et pourtant il se trouvait là, à attendre ce qu'allait choisir de faire celui qui lui ôterait la vie. Des larmes coulaient sur ses joues, mais pas parce qu'il savait qu'il allait mourir, il pleurait parce qu'il ne verrait jamais le soleil, avec ses rayons, sa douce chaleur, la lumière qu'il apportait, il ne verrait plus jamais ça. Il était en pleine nuit, dans l'ombre, avec le froid qui le mordait alors que la chaleur l'étouffait il y a quelques instants. Il se sentait épié, derrière lui on l'observait, ses gestes étaient surveillés de près. William le sentait, et il se força à prendre la parole :

— Enfoiré, gémit il

Ça n'allait rien changer, le meurtrier n'allait pas avoir une révélation et s'excuser du mal qu'il avait fait mais ça faisait du bien au matelot. Il soupira de soulagement, il avait dit ce qu'il avait à dire, maintenant il voulait en finir au plus vite. Il entendit derrière lui un bruit étrange, comme si on dégonflait un pneu, puis ce qui devait arriver arriva, sa botte, la mystérieuse botte dont il n'arrivait pas à trouver à qui elle appartenait le poussa du sous-marin et le corps du matelot tomba dans l'eau. L'eau était froide, elle lui glaça la circulation du sang dans les veines et elle engloutit tous les muscles. William battait l'eau de ses mains pour pouvoir maintenir sa tête en dehors de l'eau, il ne savait pas pourquoi il faisait ça, il ne voulait plus se débattre, il voulait en finir ici, dans cette eau allemande mais non, ses bras continuaient d'agiter l'eau, ce qui formait des petites vagues tout autour de lui. Il vit l'assassin du George V lui lancer un objet. Sa main droite par réflexe attrapa l'objet, et il s'aperçut que c'était une bouée. Une bouée percée par un coup de couteau mais une bouée, une bouée qui lui était familière. Il inspecta cette bouée et il vit son nom. Il y avait écrit « Entreprise Warner ». C'étaient les bouées qu'il avait fabriquées quand il était directeur technique de son entreprise. Son corps ne pouvait plus se maintenir hors de l'eau, il commença à couler peu à peu dans les profondeurs de la mer. Déjà son meurtrier, celui qui lui avait enlevé la vie, disparaissait dans le ventre du sous-marin, il n'allait même pas assister à sa mort. Il était seul, il gardait les yeux ouverts sous l'eau même si cela le démangeait, mais il voulait voir sa bouée qu'il tenait fermement. Ça allait être ça, la dernière vision de sa vie, une bouée, une bouée de son usine… Que c'était long de mourir. Il repensa à ses derniers jours, à ce qu'il avait vu. La botte, il se souvenait maintenant à qui elle appartenait. Des bulles d'air remontèrent à la surface puis le calme renveloppa la nuit.

* *

*

Mc Barney se tenait le dos, il se tordait de douleur en serrant les dents pour ne pas faire de bruit, pour ne pas satisfaire l'assassin qui voulait sûrement tous les voir souffrir. Il aurait aimé se trainer jusqu'à son compartiment, il aurait aimé avoir une arme à feu sur lui, se retourner et tirer aveuglement. Mais l'air étouffant alourdissait le moindre de ses mouvement. Tout devenait impossible. Il recevait des gouttes d'eau froide sur lui, ça le rafraichissait, il savait que c'était l'eau de la mer, de l'eau salée, mais il voulait boire, il voulait absolument boire de l'eau. L'eau dégoulinait de plus en plus au fond du sous-marin, le meurtrier descendait de l'échelle et les gouttes ruisselaient le long des barreaux en métal ou tombaient directement sur le commandant. Mc Barney voulait affronter la mort, il voulait défier celui qui lui enlèverait la vie, lui montrer qu'il n'avait pas peur. Dans un effort surhumain il roula sur son ventre pour pouvoir faire face à son bourreau. C'était très sombre, on ne voyait que les formes, il n'y avait aucune ombre, tout était plongé dans une quasi-totale obscurité. L'homme debout face au commandant se tenait parfaitement droit, il ne se forçait dans aucun de ses gestes et l'air pourtant irritant ne le gênait pas car il avait une tenue de plongée. C'était tout neuf ça, une tenue de plongée, peu de personnes en avaient et c'était dur d'en trouver. C'était un masque qui possédait un tuyau au niveau de la bouche lequel était relié à une sacoche qu'on enfilait comme une veste. La sacoche se trouvait sur votre torse, retenue par des brettelles qui enlaçaient vos épaules. C'était ingénieux, la tenue de plongée, mais on ne pouvait pas tenir de nombreuses heures avec. Mc Barney ne pouvait donc pas dire qui se trouvait devant lui, il ne pouvait pas coller un nom sur la silhouette qui se dressait devant lui, devant l'étrange personnage qui l'intriguait. Mais ce qui l'intriguait encore plus chez cet homme, c'était qu'il tenait fermement entre ses mains un bouquin. L'homme qui portait le masque se pencha et déposa délicatement le livre dans les mains du commandant, se releva, s'immobilisa pendant quelques secondes pour regarder l'impuissance de Mc Barney, le voir une dernière fois cloué au sol sans qu'il puisse même protester, puis il remonta l'échelle et ferma le kiosque à jamais.

Mc Barney se sentait seul dans l'obscurité, seule une lumière rouge qui se trouvait au-dessus de sa tête luttait contre la pénombre. Il tenait dans ses mains le bouquin que lui avait donné le criminel et il hésitait. Le lire, utiliser les dernières forces qui lui restaient pour lire ce qu'on lui avait donné ou le jeter loin de lui, fermer les yeux et garder le peu de temps qui lui restait pour se confesser et prier. Il fixa la lumière rouge, observa le recueil et entama la lecture. Tourner les pages lui demandait beaucoup d'effort physique, mais il faisait au plus vite car il savait que son temps était compté, qu'il n'en avait plus pour très longtemps. Voilà ce qu'il put lire dans le livre.

« Mon cher commandant, je vous félicite car vous êtes le dernier. Je n'allais quand même pas partir d'ici sans expliquer à mon supérieur pour quelles raisons j'ai agi comme ceci. J'étais à bord du premier George V lors de son naufrage. Tout le monde aurait pu s'en sortir vivant mais à cause de vous tous, tout le monde est mort. Tous sauf un, et c'est cette personne, moi, qui vais réparer vos fautes. Au début je vous ai cherchés, je vous ai espionnés pendant plusieurs années, savoir qui vous étiez, quels étaient vos comportements, vos faiblesses… Je voulais vous amener en justice, répondre à la mort par la mort ne me tentait pas mais tu commençais à devenir célèbre, trop célèbre et un jury peut vite être corrompu. Le seul juge en qui j'avais confiance c'était moi, alors j'ai commencé à réfléchir sur la façon dont je pourrais vous éliminer de ce monde... J'ai eu, sans vouloir me vanter, une idée géniale, regrouper tout le monde dans le sous-marin que vous aviez abandonné. Ça m'avait couté extrêmement cher de le sortir de l'eau et de participer à

sa reconstruction, mais ça valait la peine. Bref passons tout ça, tu n'en as plus pour longtemps, laisse-moi te dire comment j'ai fait pour les meurtres. Pour Charles ce fut le plus simple, personne ne s'en doutait, je discutais avec lui et au moment où il s'y attendait le moins je l'ai pendu. Il était dans ce sous-marin car, comme tu le sais, il avait abandonné son poste alors que des hommes mouraient et lui avaient envoyé un message de détresse. Peter, charmant jeune homme, il fera malheureusement une veuve et un orphelin. Nous étions dans le même compartiment, ce ne fut pas compliqué de l'assassiner dans son sommeil avec mon coussin. Il était dans ce sous-marin car il est monté en grade un peu vite, me remplaçant comme sous-officier sur les bateaux où j'aurais dû être. Je n'aime pas qu'on prenne ce qui m'appartient. John, il ne manquera à personne, je crois que je l'ai tué aussi un peu parce que je ne supportais pas la trop haute confiance qu'il avait en lui, mais la vraie personne qui aurait dû mourir est son oncle. Ce fou, le ministre de l'armée de mer, avait envoyé le George V dans un traquenard. Je sais que la mort de son neveu va beaucoup l'affecter, j'espère que sa mort le fera réfléchir et qu'il quittera ses fonctions. John a quitté la vie comme ça, j'ai attendu qu'il sorte seul de son compartiment, je l'ai suivi et je lui ai brisé la nuque. Ce n'était pas simple car je t'ai entendu arriver pour te faire les tartines que tu aimes tant, alors je suis vite parti me cacher ailleurs, je *n'avais même pas eu le temps de vérifier si John était vraiment mort ou non. Sam, un photographe qui n'aurait jamais dû qualifier mon défunt commandant, mon vieil ami, d'incompétent dans son article. J'avais beaucoup de liens d'amitié avec le véritable commandant du George V et je l'ai vu, mourir devant moi, me forçant à partir pour que je sauve ma peau. Sam est mort empoisonné, au départ ça devait être William qui devait mourir comme ça, mais maintenant je ne regrette pas que le photographe ait pris à sa place. Tu te demandes comment j'ai fait pour l'empoisonner alors que tu as fait des fouilles dans les sacs ? Tu es sûr d'avoir fait tous les sacs ? Non ça te revient, tu n'as pas touché aux sacs des morts. Le cyanure se trouvait dans le sac de Peter, quand tu as ouvert le mien, dommage pour toi. Venons-en au tour de Julien, celui qui a construit le sous-marin, l'original, avec tous ses défauts. Je ne sais pas si les artilleries, les chars ou les navires sont construits par des français, mais si c'est le cas, nous ne sommes pas prêts de gagner la guerre. C'est à cause de ses imperfections que nous avons coulé. J'étais dans son compartiment pour l'amener seul un peu plus loin de vous. Je devais me dépêcher car je te voyais réfléchir et j'ai su que tu avais deviné. Oui, la vue du sang me fait tourner de l'œil, bravo monsieur le détective, mais comme tu vois, tu n'as pas été assez rapide. J'ai donc pris Julien à part et je l'ai assommé avec le plat d'une clef à molette. Enfin, deux fois parce que la* première l'avait seulement déstabilisé. J'ai attaché ses mains avec ma ceinture et je lui ai mis la veste de Charles dans la bouche pour ne pas qu'il parle quand il se réveillerait. Le reste fût un jeu d'enfant, je l'ai caché sous sa propre couchette et j'ai pris sa place dans son lit. William est arrivé, il m'a vu, et Julien est passé pour l'assassin. Quand il est parti je me suis levé pour récupérer la tenue de plongée que j'avais mise depuis le début dans un lance torpille. Comme personne ne vérifiait et que c'était moi qui m'en occupais tout le temps, le secret fût bien gardé. Ensuite je t'avoue avoir paniqué, je me suis demandé si vous arriveriez, seulement vous deux, à faire remonter le sous-marin, et vous ne m'avez pas déçu. Quand je commençais à ne plus avoir de force, je mettais mon masque de plongée et je respirais un bon coup. Une fois que le George V est remonté à la surface, j'ai trainé William jusqu'au pont et je l'ai balancé par-dessus bord. Il coulait, alors je lui ai donné une bouée de ses usines, enfin une bouée percée. Quand le George V avait coulé, l'équipage s'était rué sur les bouées Warner seulement il n'y en avait qu'une pour quatre. Les hommes se les arrachaient, ça avait provoqué une bagarre et je ne reconnaissais plus ces marins qui étaient devenus des animaux, frappants et mordants leurs voisins. Il fallait plus de bouées dans un sous-marin, William aura maintenant tout le temps pour y réfléchir. Toi, Mc Barney, toi qui a laissé mourir tout un équipage d'hommes, et qui *n'a pas su sauver son second, à toi d'écrire la façon dont tu vas mourir. »*

Mc Barney ferma le livre et le laissa tomber à côté de lui. Alors ce n'était pas Julien Petit le criminel, mais Arthur Cree, son second. Il pensait qu'il lui en voudrait mais non, il ne sentait aucune rancune, ça lui paraissait étrange mais il comprenait. Il comprenait le choix qu'avait fait le sous-officier. Depuis le début il pensait que c'était un fou, qui assassinait sans raison, mais non, c'était un homme qui avait encore toute sa tête, qui voulait simplement venger ses amis. Oui c'était compréhensible, il avait fait des mauvais choix dans sa vie, il devait maintenant en assumer les conséquences. Ce qui le troublait, c'était la fin du bouquin, c'était écrit « à toi d'écrire la façon dont tu vas mourir ». Pourquoi avait-il écrit ces mots, sa mort ne faisait pas de doutes, il allait mourir en manque d'oxygène, comme Peter finalement. C'est ça qu'il trouvait louche, il allait mourir de la même façon qu'un autre, ça lui paraissait étrange car chacun avait été tué différemment. Il réfléchissait, il essayait de savoir comment il allait mourir quand il sentit une très vive chaleur s'emparer de lui, puis il ne ressentit plus rien.

* *

*

Arthur Cree était sur la plage à ce moment-là. Il avait pu nager jusqu'au rivage sans se faire repérer. Il regardait la mer, il regardait brûler une deuxième fois le sous-marin qu'il avait tant aimé. Ce spectacle lui pinçait le cœur, voir les flammes s'élever au-dessus de l'eau le faisait souffrir. Et pourtant il restait là, il ne voulait pas détourner son regard, après tout c'est ce qu'il avait voulu, il devait maintenant l'assumer. Comme il l'avait pensé, les allemands avaient repéré le sous-marin. Ils avaient envoyé un navire de guerre le torpiller le plus rapidement possible car il était à la surface. Le feu continuait d'éclairer les alentours, c'était un feu puissant, qui réduisait le métal et faisait sombrer le George V dans les profondeurs. Le sous-officier se releva tandis que les flammes mouraient entre les vagues, il enleva le sable qui se collait à sa peau et se dirigea vers la ville. Si on le trouvait avec la tenue qu'il avait sur lui on le fusillerait sans état d'âme, c'est pourquoi il devait faire très attention et ne croiser personne. Il longea les murs de la ville et se dirigea vers un magasin d'habits. Il se baissa pour attraper une pierre qui briserait la vitre mais il entendit des pas. Il tendit l'oreille pour essayer d'analyser d'où venait le bruit et il se rendit compte que les pas se rapprochaient. Instinctivement il s'allongea et stoppa même sa respiration pour ne pas se faire prendre. Un soldat au visage ravagé de cicatrices dues à la guerre se promenait avec un gros chien. Il suffisait que le soldat tourne la tête pour voir Arthur Cree car il n'était pas caché derrière un buisson mais simplement couché par terre, dissimulé par l'obscurité, et ne bougeait surtout pas car un mouvement brusque attirerait l'attention. Le chien s'arrêta et releva le museau pour humer l'air. Le sous-officier se sentait perdu, alors tout s'arrêterait comme ça ? Il allait mourir à cause d'un chien sur une terre allemande ? Ce n'était pas dans ses plans, le chien, il ne l'avait pas prévu et ça allait tout gâcher. Le chien tirait sur sa laisse, continuait de renifler l'air puis leva une jambe contre le lampadaire. Le soldat, qui en avait assez des manies son compagnon animal le força à avancer. Arthur Cree n'en revenait pas de ce qui venait de se passer devant ses yeux. Il continua d'attendre allongé au sol, essayant de comprendre pourquoi il avait été épargné. Il se releva, une fois certain qu'il n'y avait plus personne, et éclata la vitre du magasin. Les morceaux de verres, en se brisant, avaient provoqué un très grand vacarme et une fenêtre s'était allumée à l'étage. Le sous-officier se dépêcha de prendre une veste et un pantalon et pris les jambes à son cou. Il s'enfonça dans un chemin étroit que devait utiliser peu de marcheurs et se plaqua contre un arbre en attendant qu'on cesse de le chercher. Il enfila vite les nouveaux habits qu'il s'était trouvé et sortit discrètement de sa cachette. Le jour commençait à apparaitre à l'horizon et les plus matinaux se pressaient autour du magasin d'habits qui s'était fait dévaliser. Arthur Cree s'empara d'un vélo qui se trouvait sous le pavillon d'une maison, sortit une boussole qu'il avait prise en venant jusqu'ici et se dirigea vers l'ouest. Il pédalait à un rythme régulier, il croisa plusieurs fois des militaires mais il ne fût pas interrogé car il passait pour un « monsieur tout le monde » dans ses habits d'allemand type. Il passa la frontière, s'installa pour toujours dans le pays neutre des Pays-Bas, et tourna définitivement la page sur son passé.

Théo Réveillaud

Utrecht & Talant,

décembre 2014

Remerciements

Je tiens à remercier en premier ma mère, qui m'a aidé à plusieurs reprises sur ce livre.

Un grand merci également à mon père, pour la magnifique couverture de ce livre, ainsi que pour ses bons conseils.

Merci aussi à ma grand-mère, qui a eu la gentillesse de lire mon livre avec attention.

Un merci tout particulier également à ma sœur, Elisa, ma toute première lectrice : elle m'a encouragé dans cette aventure.

Enfin, je tiens à remercier tous ceux qui ont ouvert ce livre : j'espère que vous avez passé un bon moment.

© 2015, Théo Reveillaud
Edité : BoD - Books on Demand, 12/14 rond-point des Champs Elysées, 75008 Paris
Impression : BoD - Books on Demand GmbH, Norderstedt, Allemagne
ISBN : 9782322013159
Dépôt légal : Février 2015